名师陪你读
部编名作

闻一多
最后一次讲演

闻一多 著

江苏凤凰文艺出版社
JIANGSU PHOENIX LITERATURE AND
ART PUBLISHING, LTD

图书在版编目（CIP）数据

闻一多：最后一次讲演 / 闻一多著. — 南京：江苏凤凰文艺出版社，2018.3

ISBN 978-7-5594-0703-0

Ⅰ. ①闻… Ⅱ. ①闻… Ⅲ. ①散文集－中国－现代②诗集－中国－现代 Ⅳ. ①K825.6

中国版本图书馆 CIP 数据核字(2017)第 326654 号

书　　名	闻一多：最后一次讲演
著　　者	闻一多
责任编辑	汪　旭
出版发行	江苏凤凰文艺出版社
出版社地址	南京市中央路 165 号，邮编：210009
出版社网址	http://www.jswenyi.com
印　　刷	江苏凤凰通达印刷有限公司
开　　本	718×1000 毫米 1/16
印　　张	14
字　　数	172 千字
版　　次	2018 年 3 月第 1 版　2019 年 7 月第 2 次印刷
标准书号	ISBN 978-7-5594-0703-0
定　　价	29.80 元

（江苏凤凰文艺版图书凡印刷、装订错误可随时向承印厂调换）

目录

第三辑　宇宙这座监狱

第四辑　诗人的书桌

第五辑　这是一沟绝望的死水

第六辑　兽·人·鬼

第七辑　文艺与爱国

火山忍不住了缄默

——闻一多散文和诗歌导读

高江海

闻一多是“新月派”领文学潮流的诗人，也是现代格律诗倡导者和践行者，其卓越的文学成就表现在中国古典文学研究和现代诗歌创作上。奇特的艺术构思、独特的表达手法、唯美的诗歌形式以及在散文中展现的深厚穿透力，奠定了他在文学史上的地位。

一、巧妙的艺术构思

闻一多的诗常以奇特的艺术构思取胜，给读者以出乎预料之感。如《发现》一诗虽短小却立意非凡，构思新颖又很别致。按照常人的思维，诗人写“发现”就应先写在异国他乡对祖国的怀念之情，再写返回故土后的所见、所闻、所感，最后写对祖国的期望。但他没落俗套，却是独辟蹊径。开篇突兀而来，直呼“我来了，我喊一声，迸着血泪，‘这不是我的中华，不对，不对’”。当诗人听到祖国召唤时，便鞭时光，驾罡风，擎火把，千里迢迢赶了回来，可映入眼帘的竟是满目疮痍的祖国，现实像“噩梦”一样，让人绝望。诗人为寻找理想中的祖国，“问天”“逼风”“擂地”，可“总问不出消息”。诗的结尾更出乎意外，他哭喊着，“呕出一颗心来，——在我心里！”这才道出了诗人真正的“发现”。再有《剑匣》描写了一个骁将在孤岛完成了一件空前绝后的艺术品——剑匣的制作过程，最后他陶醉在剑匣富丽堂皇的光芒中而昏死过去。诗歌将神话与现实、历史与个人、孤岛与世界连接在一起，弥漫着奇丽梦幻的神话色彩。还有《西岸》一诗虚构了一个离奇的故事：一条“宽无边，深无底”的大河把世界分隔为东西两岸。东岸弥漫着贪婪与痛苦，西岸则充满着阳光与自由。然而，有的人寄希望于西岸，有的人对西岸却嗤之以鼻。何去何从？需要人们去自由抉择。《醒呀！》则采用戏剧形式，以“众”和“汉满蒙回藏”各民族的口吻，面对世界大舞台发出了响彻寰宇的吼声，表现出遭受摧残的中华民族争自由、求独立的抗争精神。

二、独特的表现手法

闻一多的诗常借助多种手法来描绘形象，渲染气氛，展示诗人丰富的内心世界和炙热的情怀。首先，惯用比喻。他的诗习惯将具有类似特点的事物运用比喻来加以说明，将没有生命的东西赋之以生命。如《一个观念》中的“观念”本是抽象概念，诗人却赋予“爱国观念”以血肉，使其变得形象化。开篇连用一系列比喻为“一个观念”做答案：“隽永的神秘”催人探索；“倔强的质问”促人思考；像“一道金光”璀璨夺目；像“一股火”引人自豪；有“一点亲密的意义”给人温暖。再有《晴朝》一诗，诗人将“迟笨的晴朝”比作“懒洋洋的冻蛇”，将“厌病的晴朝”比作“负创的伤蛇”，曲折地表达了在外游子的思乡之情。这些新奇的比喻，形象生动，让人耳目一新。其次，喜用象征。在闻一多一生创作的一百七十多首新诗中，有六十余首有象征倾向。如《红烛》中的“红烛”是中国知识分子追求与奉献精神的象征。诗人借“莫问收获，但问耕耘”的红烛精神，激励人们献身祖国，创造未来。《死水》中“一沟绝望的死水”是半封建半殖民地旧中国的象征。诗人抓住死水之“死”，突出其污臭、腐败，让人更加“绝望”。然而，殊不知，这“死水”下面却埋藏着即将喷浆吐焰的火山，随时都会爆发出来。“长城”是中华民族意识和文化精神的象征，在《长城下之哀歌》中，诗人以“长城”为线索，时而回顾历史，时而直视眼前；时而怨恨，时而赞颂；时而发问，时而作答，表现出对东方文化独有的情结。再次，借物抒怀。闻一多的诗，常在古典文化意象和万物生灵中寄托自我主观情感，成为同时代诗人中一道独特的景观。如《李白之死》一诗，诗人以“李白捉月骑鲸而终”的传说为素材，借李白排遣孤独与反抗强权之事，抒写自己与黑暗抗争的决心，以达到“借他人之酒杯，浇心头之块垒”之目的。在《雪》中，诗人描写了风雪在三个环境中的不同境遇：荒地上没有生命存在，风雪肆无忌惮；房舍中有了生命，风雪便所收敛；森林中生命强大，风雪便偃旗息鼓。诗人借森林威力，呼吁人们要团结起来，战胜一切敌人。《孤雁》描写了一只飞离雁阵的孤雁，形只影单地奔向“绝塞”“水国”。一路上电闪雷鸣、海涛冲天。大洋彼岸的目的地又是那样的污浊凶险，它几经踌躇，最后还是“不息地前进”。诗人借失群的孤雁抒发了自己处逆境而奋发向上的豪情。

三、唯美的诗歌形式

在诗歌创作上，闻一多提出了“三美”理论，他在《诗的格律》中写到：“诗的实力不独包括音乐的美（音节）、绘画的美（词藻），并且还有建筑的美（节的匀称和句的均齐）”，倡导诗歌要具有音节和谐、色彩明丽，外形整齐的表现风格，这一特点在《死水集》中表现得尤为突出。第一、音乐美。如被诗人称为“在音节上最满意的试验”的《死水》一诗，共五节二十行，每行九个字，均由一个“三音尺”和三个“二音尺”组成。全诗保持着整齐的音韵节奏，韵律感特强，读来朗朗上口，有着极强的音乐美感。再如《太阳吟》一诗，每节都以“太阳啊……底太阳！”开头，一韵到底，语言铿锵高亢，韵律十足，抒尽了留学海外游子爱国思乡的真切情感。《祈祷》是一首四句一节的新格律诗，两句一韵，在听觉上给人以错落有致的音韵美。第二、绘画美。闻一多是诗人，也是画家，对色彩有着特殊敏感。他在诗歌《色彩》中写道："生命是张没有价值的白纸，自从绿给了我发展，红给了我热情，黄教我以忠义，蓝教我以高洁，粉红赐我以希望，灰色赠我以悲哀；再完成这幅彩图，黑还要加我以死——从此以后我便溺爱于我的生命，因为我爱他的色彩。"读他的诗歌，映入眼帘的常常是些带有色彩词语组构成的五彩画面。如唯美诗篇《忆菊》中"镶着金边的绛色的鸡爪菊，粉红色有碎瓣的绣球菊"，都是"我们祖国之秋底杰作"；《荒村》中用一连串寄情于景的白描式绘画，将"镰刀锈成泥，鱼网灰堆烂"的荒凉与"玫瑰开不完，荷叶长成了伞"的繁茂形成对比，绘出了军阀混战带给人民流离失所的痛苦画面。第三、建筑美。节与节之间匀称，行与行之间整齐，整体外形给人以建筑美感，是闻一多诗歌的得意之处，也是他别具一格的新诗创作形式。如《一句话》全诗共两节十六句，节与节、行与行之间对仗工整。两节的前五句字数完全相等，后三句词语大致相同，造成反复回环之势，整齐匀称，浑然天成。再如《也许——葬歌》一诗共四节，每节四行九个字，节匀称，句均齐，外观上呈长方形建筑状，给人以美感。

四、深厚的穿透力

读闻一多的作品，尤其是散文，自始至终感到一种严密的逻辑力量，处处有着深厚的穿透力在。如《"五四"断想》一文，作者运用通俗的语言，诠释了"变是生存和发展的必然"这一历史的法则。开头两句直指全文核心："旧的悠悠死去，新的悠悠生出"是演化；"新的已经来到，旧的还不肯去"需革命。为证明这一论点，作者将过去与现在、眼前与未来作对比，层层分析，由表及里，最后得出"新的必然是发展的，能发展的必然是新的"这一结论。再如《愈战愈强》一文，作者抓住报纸上"我军愈战愈强"的言论，进行摆事实，讲道理，深入剖析。列举了武汉撤退、开罗会议、卢沟桥烽火等历史事件，对敌论形成合围之势，指出胜败应由事实说话，不可信口开河、存心欺骗，要正确对待胜利与失败。作者在文章结尾问道："你是受了谁的指示？"

他“该是有名有姓的吗？”更是力重千钧，令对方战栗难堪，字里行间充溢着愤怒和力量。还有《最后一次演讲》，是闻一多著名的战斗檄文。为表达对国民党反动派的强烈憎恨和对李公仆烈士及爱国民主运动的热烈歌颂，作者运用对比手法，将反动派的卑劣与李公朴的爱国行为进行对比，以衬托李先生的光荣和反衬反动派的无耻；运用心理剖析法，一针见血地戳穿敌人的虚弱本质，给敌人以压力，给人民以动力；运用例证法，列举希特勒、墨索里尼最终在人民面前倒下去的例子，得出了反动派必败、人民必胜的结论。

闻一多是一位卓越的学者，优秀诗人，言行一致的民主斗士。他在作品中表现出的严谨而奇特的构思、唯美的诗歌形式以及火山爆发式的激情，启迪了一代又一代文学爱好者，为中国现代文学发展作出了不可磨灭的贡献。[1]

① 本书在编选过程中，字词用法多保留作者同时代习惯用词，尊重闻氏原作风貌。

第一辑 『咱们的中国！』

祈祷

请告诉我谁是中国人，
启示我，如何把记忆抱紧；
请告诉我这民族的伟大，
轻轻的告诉我，不要喧哗！

《祈祷》首节与末节内容相同，首节总起，末节应和，首尾呼应；第二至第五节是对“这民族的伟大”的“记忆”的分述。

请告诉我谁是中国人，
谁的心里有尧舜的心，
谁的血是荆轲聂政的血，
谁是神农黄帝的遗孽。

该诗是一首四句一节的新格律诗，两句一韵，在听觉上给人以错落有致的音韵美。

告诉我那智慧来得神奇，
说是河马献来的馈礼；
还告诉我这歌声的节奏，
原是九苞凤凰的传授。

在这首诗中，诗人热情歌颂了祖国的伟大：第二节中“尧舜的心”“荆轲聂政的血”“神农黄帝的遗孽”重在抒发历史的渊源与英雄人物；第三节中“河马”“九苞凤凰”则是充满传奇意味的中国符号；第四节用“五岳”“泰山”“大江黄河”等意象，歌颂伟大祖国的壮美山河；第五节“孔子吊唁死麟”“庄周，淳于髡，东方朔的笑”用富有深意的文化典故勾起读者的文化记忆，让人忍不住地要“把记忆抱紧”。

谁告诉我戈壁的沉默，
和五岳的庄严？ 又告诉我
泰山的石溜还滴着忍耐，
大江黄河又流着和谐？

再告诉我，那一滴清泪
是孔子吊唁死麟的伤悲？
那狂笑也得告诉我才好，——
庄周，淳于髡，东方朔的笑。

请告诉我谁是中国人，
启示我，如何把记忆抱紧；
请告诉我这民族的伟大，
轻轻的告诉我，不要喧哗！

积累与拓展

诗中“那狂笑也得告诉我才好，——/庄周，淳于髡，东方朔的笑”，对应着传头文化中的几个著名成语或典故，请你找一找，庄周的笑（“鼓盆而歌”）、淳于髡的笑（“大笑绝缨”）、东方朔的笑（“东方朔忽大笑”）各自讲了什么故事，他们的笑对应着怎样的人生道理？

____

____

一个观念

你隽永的神秘，你美丽的谎，
你倔强的质问，你一道金光，
一点亲密的意义，一股火，
一缕缥缈的呼声，你是什么？
我不疑，这因缘一点也不假，
我知道海洋不骗他的浪花。
既然是节奏，就不该抱怨歌。
呵，横暴的威灵，你降伏了我，
你降伏了我！　你绚缦的长虹——
五千多年的记忆，你不要动，
如今我只问怎样抱得紧你……
你是那样的横蛮，那样美丽！

《一个观念》中的"观念"本是抽象概念，诗人却赋予"爱国观念"以血肉，使其变得形象化。开篇连用一系列比喻为"一个观念"做答案："隽永的神秘"催人探索；"倔强的质问"促人思考；像"一道金光"璀璨夺目；像"一股火"引人自豪；有"一点亲密的意义"给人温暖。

积累与拓展

在这首诗中，诗人把拥有五千多年历史的祖国的伟大形容为“绚缦的长虹”，这个总结性比喻之前，诗人用了一些比喻与修饰词来为“绚缦的长虹”的出场做铺垫，做映衬，这使得诗歌的表现力更为突出与集中，请你想一想，把它们找出来。

发现

我来了，我喊一声，迸着血泪，
“这不是我的中华，不对，不对！”
我来了，因为我听见你叫我；
鞭着时间的罡风，擎一把火，
我来了，不知道是一场空喜。
我会见的是噩梦，哪里是你？
那是恐怖，是噩梦挂着悬崖，
那不是你，那不是我的心爱！
我追问青天，逼迫八面的风，
我问，拳头擂着大地的赤胸，
总问不出消息；我哭着叫你，
呕出一颗心来，——在我心里！

《发现》一诗虽短小却立意非凡，构思新颖又很别致。按照常人的思维，诗人写“发现”就应先写在异国他乡对祖国的怀念之情，再写返回故土后的所见、所闻、所感，最后写对祖国的期望。但他没落俗套，却是独辟蹊径。开篇突兀而来，直呼“我来了，我喊一声，迸着血泪，‘这不是我的中华，不对，不对’”。当诗人听到祖国召唤时，便鞭时光，驾罡风，擎火把，千里迢迢赶了回来，可映入眼帘的竟是满目疮痍的祖国，现实像“噩梦”一样，让人绝望。诗人为寻找“我的心爱”的祖国，“问天”“逼风”“擂地”，可“总问不出消息”。

积累与拓展

诗的结尾出人意表，然而掷地有声，他哭喊着，“呕出一颗心来，——在我心里！”这句话一改前诗沉闷压抑的情感基调，有醍醐灌顶，令人豁然开朗之感。诗人最终“发现”的是什么？

____

____

一句话

有一句话说出就是祸，
有一句话能点得着火。
别看五千年没有说破，
你猜得透火山的缄默？
说不定是突然着了魔，
突然青天里一个霹雳，
爆一声：
“咱们的中国！”

这话叫我今天怎么说？
你不信铁树开花也可，
那么有一句话你听着：
等火山忍不住了缄默，
不要发抖，伸舌头，顿脚，
等到青天里一个霹雳，

《一句话》体现了闻一多新诗“建筑美”的主张。节与节之间匀称，行与行之间整齐，整体外形给人以建筑美感，是闻一多诗歌的得意之处，也是他别具一格的新诗创作形式。《一句话》全诗共两节十六句，节与节、行与行之间对仗工整。两节的前五句字数完全相等，后三句词语大致相同，造成反复回环之势，整齐匀称，浑然天成。

爆一声：

“咱们的中国！”

积累与拓展

这首诗表现了诗人对未来的美好中国(“咱们的中国!”)坚不可摧的信念。闻一多曾经预言道:“然而人类底灵魂究竟没有死,在这绝望与消极之中又时时忘不了一种挣扎抖擞底动作。二十世纪是个悲哀与兴奋底世纪。二十世纪是黑暗的世界,但这黑暗是先导黎明的黑暗。二十世纪是死的世界,但这死是预言更生的死。这样便是二十世纪,尤其是二十世纪底中国。”(《〈女神〉之时代精神》)“火山的缄默”即是指“先导黎明的黑暗”“预言更生的死”。

醒呀！

众

天鸡怒号，东方已经白了，
庆云是希望开成五色的花
醒呀，神勇的大王。 醒呀！
你的鼾声真和缓得可怕。

他们说长夜闭熄了你的灵魂，
长夜的风霜是致命的刀。
熟睡的神狮呀，你还不醒来？
醒呀！ 我们都等候得心焦了！

汉

我叫五岳的山禽奏乐，
我叫三江的鱼龙舞蹈。
醒呀！ 神的元首，醒呀！

“天鸡”“白”“醒呀”化用李贺诗句。唐·李贺《致酒行》：“我有迷魂招不得，雄鸡一声天下白。少年心事当拏云，谁念幽寒坐呜呃。”

满

我献给你长白的驯鹿，

我献给你黑龙的活水。

醒呀！　勇武的单于，醒呀！

蒙

我有大漠供你的驰骤。

我有西套作你的庖厨，

醒呀！　伟大的可汗，醒呀！

回

我给你筑碧玉的洞宫，

我请你在葱岭上巡狩。

醒呀！　神圣的苏丹，醒呀！

藏

我吩咐喇嘛日夜祷求，

我焚起麝香来欢迎你。

醒呀！　庄严的活佛，醒呀！

众

让这些祷词攻破睡乡的城，

让我们把眼泪来浇醒你。

威严的大王呀，你可怜我们！

我们的灵魂儿如此的战栗！

醒呀！　请扯破了梦魔的网罗。

《醒呀！》采用戏剧形式，以“众”和“汉满蒙回藏”各民族的口吻，面对世界大舞台发出了响彻寰宇的吼声，表现出遭受摧残的中华民族争自由、求独立的抗争精神。

神州给虎豹豺狼糟蹋了。

醒了吧！ 醒了吧！ 威武的神狮！

听我们在五色旗下哀号。

积累与拓展

关于《醒呀！》这首诗的创作缘由，作者写道："这些是历年旅外因受尽帝国主义的闲气而喊出的不平的呼声；本已交给留美同人所办一种鼓吹国家主义的杂志名叫《大江》的了。但目下正值帝国主义在沪汉演成这种惨剧，而大江出版又还有些日子，我把这些诗找一条捷径发表了，是希望他们可以在同胞中激起一些敌忾，把激昂的民气变得更加激昂。我想《大江》的编辑必能原谅这番苦衷。"

晴朝

闻一多的诗常借助多种手法来描绘形象，渲染气氛，展示诗人丰富的内心世界和炙热的情怀。尤为突出的是闻一多诗中惯用比喻。他的诗习惯将具有类似特点的事物运用比喻来加以说明，将没有生命的东西赋之以生命。比如《晴朝》一诗，诗人将“迟笨的晴朝”比作“懒洋洋的冻蛇”，将“厌病的晴朝”比作“负创的伤蛇”，曲折地表达了在外游子的思乡之情。这些新奇的比喻，形象生动，让人耳目一新。

一个迟笨的晴朝，
比年还现长得多，
像条懒洋洋的冻蛇，
从我的窗前爬过。

一阵淡青的烟云
偷着跨进了街心……
对面的一带朱楼
忽都被他咒入梦境。

栗色汽车像匹骄马
休息在老绿阴中，
瞅着他自身的黑影，
连动也不动一动。

傲霜的老健的榆树

伸出一只粗胳膊，
拿在窗前底日光里，
翻金弄绿，不奈乐何。

除外了一个黑人①
薙草，刮刮地响声渐远，
再没有一息声音——
和平布满了大自然。

和平蜷伏在人人心里；
但是在我的心内
若果也有和平底形迹，
那是一种和平底悲哀。

地球平稳地转着，
一切的都向朝日微笑；
但我只觉着这些
都已经与我无关了。

皎皎的白日啊！
将照遍朱楼底四面；
永远照不进的是——
游子的漆黑的心窝坎：
全诗也至此结束。
一切的都向朝日微笑；

闻一多在写给朋友的信（《致吴景超》）中写道："让你先看完最近的两首拙作（指《太阳吟》《晴朝》，编者注），好知道我最近的心情。'不出国不知道想家的滋味'……我想你读完这两首诗，当不致误会以为我想的是狭义的'家'。不是！我所想的是中国的山川，中国的草木，中国的鸟兽，中国的屋宇——中国的人。"

① "除外了一个黑人"为"除了门外一个黑人"。

我也不是不会笑，
泪珠儿却先滚出来了。

皎皎的白日啊！
将照遍了朱楼底四面；
永远照不进的是——
游子底漆黑的心窝坎：

一个厌病的晴朝，
比年还过得慢，
像条负创的伤蛇，
爬过了我的窗前。

积累与拓展

除了将“晴朝”比作“蛇”，诗中还有许多地方使用了比拟的修辞手法，有的如晴朝与蛇的比喻，既出现本体，也出现喻体；有的则只出现本体，而喻体却表现得很隐晦，比如将“淡青的烟云”直接形容为“偷着跨进了街心”的“他”，读者可以想象为一个行动鬼祟的鬼影，烟云缭绕着的朱楼朦胧模糊起来，好像被“他”带入梦境一般，读者于不知不觉之间，感受到比拟的修辞之妙。请你找一找《晴朝》中所有的比拟，想一想诗人将什么比作什么，这样比拟对于表达诗人的情感或思想有什么好处？

七子之歌

邶有七子之母不安其室。七子自怨自艾，冀以回其母心。诗人作《凯风》以愍之。吾国自尼布楚条约迄旅大之租让，先后丧失之土地，失养于祖国，受虐于异类，其悲哀之情，盖有甚于《凯风》之七子，因择其中与中华关系最亲切者七地，为作歌各一章，以抒其孤苦亡告，眷怀祖国之哀忱，亦以励国人之奋兴云尔。国疆崩丧，积日既久，国人视之漠然，不见夫法兰西之 ALSACE - LORRAINE 耶？“精诚所至，金石能开。”诚如斯，中华“七子”之归来其在旦夕乎！

澳门

你可知“妈港”不是我的真名姓？……
我离开你的襁褓太久了，母亲！
但是他们掳去的是我的肉体，
你依然保管着我内心的灵魂。

三百年来梦寐不忘的生母啊！
请叫儿的乳名，叫我一声〔澳门〕！
母亲！ 我要回来，母亲！

香港

我好比凤阁阶前守夜的黄豹，
母亲啊！ 我身分虽微，地位险要。
如今狞恶的海狮扑在我身上，
啖着我的骨肉，吮着我的脂膏；
母亲啊！ 我哭泣号啕，呼你不应。
母亲啊！ 快让我躲入你的怀抱！
母亲！ 我要回来，母亲！

台湾

我们是东海捧出的珍珠一串，
琉球是我的群弟我就是台湾。
我胸中还氲氤着郑氏的英魂，
精忠的赤血点染了我的家传。
母亲，酷炎的夏日要晒死我了；
赐我个号令，我还能背城一战。
母亲！ 我要回来，母亲！

威海卫

再让我看守着中华最古的海，
这边岸上原有圣人的丘陵在。
母亲，莫忘了我是防海的健将，

《七子之歌》全诗由《澳门》《香港》《台湾》《威海卫》《广州湾》《九龙》《旅顺，大连》等七节组成。真切而深刻地反映了国疆崩丧的时代真正有血性有骨气的一代中国人的心声，在中国现代文学史上具有纪念碑式的重要意义，也因其创作的大量的饱含爱国深情的诗篇，闻一多被誉为中国现代文坛的“文化代言人”。朱自清评价闻一多的诗歌道：“他的诗不失其为情诗，另一方面他又是一个爱国诗人，而且几乎可以说是唯一的爱国诗人。”

我有一座刘公岛作我的盾牌。
快救我回来呀，时期已经到了。
我背后葬的尽是圣人的遗骸！
母亲！　我要回来，母亲！

广州湾

东海和洲是一双管钥，
我是神州后门上的一把铁锁。
你为什么把我借给一个盗贼？
母亲啊，你千万不该抛弃了我！
母亲，让我快回到你的膝前来，
我要紧紧的拥抱着你的脚髁。
母亲！　我要回来，母亲！

九龙

我的胞兄香港在诉他的苦痛，
母亲呀，可记得你的幼女九龙？
自从我下嫁给那镇海的魔王，
我何曾有一天不在泪涛汹涌！
母亲，我天天数着归宁的吉日，
我只怕希望要变作一场空梦。
母亲！　我要回来，母亲！

旅顺，大连

我们是旅顺，大连，孪生的兄弟。
我们的命运应该如何的比拟？——

在这首诗中，诗人善用比喻，想象力丰富而富于艺术感染力。闻一多把被帝国主义侵略者践踏侵占的土地喻为“七子”，生动揭示了寸土与祖国不可分割的血脉渊源；香港被比作“凤阁阶前守夜的黄豹”，喻香港人民连续不断的反抗殖民统治的刚猛与英勇；台湾被比作“东海捧出的珍珠”，喻祖国山河秀美及其与大陆无可辩驳的地缘归属关系；广州湾被比作“一把铁锁”，威海卫被比作“防海的键将”则形象地表现其地理位置对于中国南北海防的关键意义。

两个强邻将我们来回的蹴蹋，
我们是暴徒脚下的两团烂泥。
母亲，归期到了，快领我们回来。
你不知道儿们如何的想念你！
母亲！ 我们要回来，母亲！

刊于一九二五年七月四日《现代评论》第二卷第三十期

积累与拓展

鲜活生动的比喻是本诗最重要的艺术特色之一，除去“七子”，你还能不能从诗中找到其他的比喻，想一想诗人用这些比喻来表现什么？再想一想，在这首诗中，诗人用了怎样的表达方式来串联起对七个不同地点的抒情？划出具有串联意义的诗句。

我是中国人

我是中国人，我是支那人，
我是黄帝的神明血胤；
我是地球上最高处来的，
帕米尔便是我的原籍。

第一节开宗明义，点出了中华民族深厚的文化渊源——“黄帝的神明血胤”。

我的种族是一条大河，
我们流下了昆仑山坡，
我们流过了亚洲大陆，
我们流出了优美的风俗。

“帕米尔”“昆仑山坡”“五岳”“太平洋”，表现中华民族地大物博，民族文化（“优美的风俗”）源远流长。

伟大的民族，伟大的民族！
五岳一般的庄严正肃，
广漠的太平洋底度量，
春云底柔和，秋风底豪放。

第四至六节，抒写赞颂历史文化，表现各有侧重："尧时老人""可以歌唱"的"一节民歌"表现历史的悠久；"金罍""芳醴"表现中华文明的典雅；"一掬清泪""一阵狂笑"背后的历史典故表现了中国人丰富而热烈的情感，以及一歌一哭中皆蕴含深沉的人生智慧。

我们的历史可以歌唱，
他是尧时老人敲着木壤，
敲出来的太平的音乐，——
我们的历史是一节民歌。

我们的历史是一只金罍
盛着帝王祀天的芳醴，——
我们敬人，我们又顺天，
我们是乐天安命的神仙。

我们的历史是一掬清泪，
孔子哀悼死麒麟的泪；
我们的历史是一阵狂笑，
庄周、淳于髡、东方朔的笑。

我是中国人，我是支那人，
我的心里有尧舜底心，
我的血是荆轲聂政的血，
我是神农黄帝底遗孽。

"心头"——"戈壁的沉默"、"脸上"——"黄河波涛的颜色"、"忍耐"——"泰山底石溜"、"胸怀"——"峥嵘的剑阁"勾勒出一副中国人民族精神的肖像画。

我的智慧来得真离奇，
他是河马献来的礼；
我这歌声中的节奏，
原是九苞凤凰的传授。

我心头充满戈壁的沉默，

脸上有黄河波涛的颜色
泰山底石溜滴成我的忍耐，
峥嵘的剑阁撑出我的胸怀。

我没有睡觉！　我没有睡觉！
我心中的灵火还在燃烧；
我的火焰他越烧越燃，
我为我的祖国烧得发颤。

我的记忆还是一根麻绳，
绳上束满了无数的结梗；
一个结子是一桩史事——
我便是五千年的历史。
我是过去五千年的历史，
我是将来五千年的历史。
我要修葺这历史的舞台，
预备排演历史的将来。

我们将来的历史是首歌：
还歌着海晏河清底音乐。
我们将来的历史是杯酒，
又在金罍里给皇天献寿。

我们将来的历史是滴泪，
我的泪洗尽人类的悲哀。
我们将来的历史是声笑，

诗人用“四万万不灭的明星”与“我的生命是世界的生命”表现中国人不灭的自信力：我即中国之一，中国即世界之一，心中有“灵火还在燃烧”的中国人是中国未来的希望所在，文明的生命力不灭，中国文明在世界文明的历史上“位置永远注定”。

我的笑驱尽宇宙底烦恼。

我们是一条河，一条天河，
一派浑浑噩噩的光波！ ——
我们是四万万不灭的明星；
我们的位置永远注定。

伟大的民族！ 伟大的民族！
我是东方文化的鼻祖；
我的生命是世界的生命。
我是中国人，我是支那人！

原载一九二五年七月《大江季刊》第一卷第一期

积累与拓展

闻一多的诗中多有对中国悠久历史与文明的颂扬，他谈自己的写作心境时说道："中国人现实方面的痛苦，这时正好利用它们来补偿。一想到至少在这些方面我们不弱于人，于是便有了安慰。说坏了，这是'鱼处于陆，相濡以湿，相嘘以沫'的自慰的办法。说好了，人就全靠这点不肯绝望的刚强性，才能够活下去，活着奋斗下去。这是紧急关头的一帖定心剂。虽不彻底，却也有些暂时的效用。代表这种心理的人，虽不太强，也不太弱，惟其自知是弱，所以要设法'自卫'，但也没有弱到连'自卫'的意志都没有，所以还算相当的弱，平情而论，这一类型的复古倾向，是未可厚非的。"(《复古的空气》)

第二辑　生命的颜色

红烛

蜡炬成灰泪始干。

——李商隐

红烛啊!
这样红的烛!
诗人啊!
吐出你的心来比比,
可是一般颜色?

红烛啊!
是谁制的蜡——给你躯体?
是谁点的火——点着灵魂?
为何更须烧蜡成灰,
然后才放光出?
一误再误;
矛盾! 冲突!

闻一多喜用象征手法。在闻一多一生创作的一百七十余首新诗中,有六十余篇有象征倾向。如《红烛》中的"红烛"就是中国知识分子追求与奉献精神的象征。

《红烛》中，每一次对红烛精神的赞颂都是自问句起笔，以叹句作答。由“困惑追问”而“豁然开朗”，看似自问自答，实则通过人为构成的冲突强化了诗歌的艺术表现力。

红烛啊！
不误，不误！
原是要“烧”出你的光来——
这正是自然底方法。
红烛啊！
既制了，便烧着！
烧罢！ 烧罢！
烧破世人的梦，
烧沸世人的血——
也救出他们的灵魂，
也捣破他们的监狱！

红烛啊！
你心火发光之期，
正是泪流开始之日。

红烛啊！
匠人造了你，
原是为烧的。
既已烧着，
又何苦伤心流泪？
哦！ 我知道了！
是残风来侵你的光芒，
你烧得不稳时，
才着急得流泪！

红烛啊！
流罢！ 你怎能不流呢？
请将你的脂膏，
不息地流向人间，
培出慰藉的花儿，
结成快乐的果子！

红烛啊！
你流一滴泪，灰一分心。
灰心流泪你的果，
创造光明你的因。

红烛啊！
“莫问收获，但问耕耘。”

诗人紧扣红烛燃烧这一现象的两个要点——“烧”和“流泪”来托物言志。通过一问一答，揭示出看似悲剧性的“自焚”，实则为壮烈的“牺牲”与成全。“既制了，便烧着！/烧罢！烧罢！/烧破世人的梦，/烧沸世人的血——/也救出他们的灵魂，/也捣破他们的监狱！”“红烛啊！/匠人造了你，/原是为烧的。”

积累与拓展

闻一多的《红烛》缘起于李商隐的《无题》，却不是李商隐版“红烛”的翻版。读一读李商隐的诗，想一想李商隐笔下的“蜡炬”表达是怎样的感情？由此，我们也可以知道，同一物事，在不同人的笔下，带着不同的情怀，寓意可能是迥然有别的。那么，当你点起一只小小的蜡烛，你心里想到了什么？把它写下来吧。

无题

相见时难别亦难，东风无力百花残。
春蚕到死丝方尽，蜡炬成灰泪始干。
晓镜但愁云鬓改，夜吟应觉月光寒。
蓬山此去无多路，青鸟殷勤为探看。

____

____

____

色彩

本诗的赏析重点是绘画美。闻一多是诗人，也是画家，对色彩有着特殊敏感。读他的诗歌，映入眼帘的常常是些带有色彩词语组构成的五彩画面。篇首诗人即指出生命本无意义，“是张没价值的白纸”。生命的意义存在于生活的种种现象，人生的种种情感体验，诗人将生活的现象直观地表现为斑斓色彩。

生命是张没价值的白纸，
自从绿给了我发展，
红给了我情热，
黄教我以忠义，
蓝教我以高洁，
粉红赐我以希望，
灰白赠我以悲哀；
再完成这帧彩图，
黑还要加我以死。 从此以后，
我便溺爱于我的生命，
因为我爱他的色彩。

积累与拓展

《色彩》这首诗表达了诗人闻一多对生命意义的探求。诗人将他对生命与色彩、色彩与意义之间的联系用诗意的语言表达出来。那么,你最喜欢的色彩有哪些?你的生活是怎样的颜色?试着写一写吧。

青春

“闯”字，造势新巧而不失质朴天然，勾勒出了青春活泼、勇猛而又略显幼稚的憨态；“驶”字将青春为追逐理想而勇往直前的动态画面凸现在读者面前。前后两个极精巧的动词令人惊叹于诗人炼字的苦心和功力。

青春像只唱着歌的鸟儿，
已从残冬窟里闯出来，
驶入宝蓝的穹窿里去了。

神秘的生命，
在绿嫩的树皮里膨胀着，
快要送出带鞘子的，
翡翠的芽儿来了。

诗人呵！ 揩干你的冰泪，
快预备着你的歌儿，
也赞美你的苏生罢！

积累与拓展

《青春》这首短诗表现了诗人闻一多对经历了“五四”洗礼的青年的寄望与歌颂，也表现了作者对青春的中国的祝福。在这首诗中，诗人在描绘青春、歌颂青春的蓬勃活力时运用了什么修辞手法，请你结合赏析所指出的关键词想一想。

____

____

国手

琴棋书画是中国文化人的主要的人生趣味与爱好，以“棋”喻婚恋，以“国手”喻爱人，既出自于闻一多的文人趣味，也表现了诗人男女平等的主张。这样一首爱情诗，一字不直陈爱慕，然而对爱人的倾心与眷恋溢于言表。

爱人啊！ 你是个国手：
我们来下一盘棋；
我的目的不是要赢你，
但只求输给你——
将我的灵和肉
输得干干净净！

积累与拓展

在古今中外的爱情文学作品中，有许多不直接表达爱恋却能将美丽的爱情表现得生动而令人刻骨铭心的作品。去读一读它们，说一说它们是如何曲折而生动表现爱情主题的。如吕本中的《采桑子·恨君不似江楼月》：“恨君不似江楼月，南北东西，南北东西，只有相随无别离。恨君却似江楼月，暂满还亏，暂满还亏，待得团圆是几时？”

梦者

假如那绿晶晶的鬼火
是墓中人底
梦里迸出的星光，
那我也不怕死了！

“绿晶晶的鬼火”，死亡的氛围原本是令人感到恐惧的，我们知道“死亡”又称“长眠”，作者正是抓住了“眠”进而入“梦”，联系梦似“星光”，落笔于浪漫与豁达的“那我也不怕死了！”的人生态度。

积累与拓展

《梦者》是闻一多在美国留学时的诗作之一。作者妙笔巧思，化死之恐怖为生之乐趣。立意严肃深邃，思考的角度别出心裁，其结果是令人拍案，发人深省。类似这种跳脱开去的写法，你能不能也试试看：从比如满月，比如斑马线，比如城市里的立交桥这些常见的物事中联系开去，写一段话，表达你对生活的思考与理解。

忘掉她

忘掉她，像一朵忘掉的花，——
那朝霞在花瓣上，
那花心的一缕香——
忘掉她，像一朵忘掉的花！

忘掉她，像一朵忘掉的花！
像春风里一出梦，
像梦里的一声钟，
忘掉她，像一朵忘掉的花！

忘掉她，像一朵忘掉的花！
听蟋蟀唱得多好，
看墓草长得多高；
忘掉她，像一朵忘掉的花！

忘掉她，像一朵忘掉的花！

诗中的“她”指的是闻一多的长女闻立瑛，少小聪颖灵动，故闻一多对立瑛最多偏爱，一直带在身边，可惜天不假年，1926年体弱多病的闻立瑛重病夭折，闻一多哀痛不已，后来写下《忘掉她》哀悼之。

她已经忘记了你，
她什么都记不起；
忘掉她，像一朵忘掉的花！

忘掉她，像一朵忘掉的花！
年华那朋友真好，
他明天就教你老；
忘掉她，像一朵忘掉的花！

忘掉她，像一朵忘掉的花！
如果是有人要问，
就说没有那个人；
忘掉她，像一朵忘掉的花！

忘掉她，像一朵忘掉的花！
像春风里一出梦，
像梦里的一声钟，
忘掉她，像一朵忘掉的花！

一切悼亡之作，都本于作者难忘、不能忘的意愿。然而闻一多却在诗中一唱三叹“忘掉她”“忘掉她，像一朵忘掉的花”，这里与鲁迅的名作《为了忘却的纪念》使用了同一种表达方式，作者再三言“忘”，是为不能“忘”。这样的表达更令读者感受到逝者已矣，生者哀痛不已的心情。

积累与拓展

《忘掉她》是闻一多悼亡长女的诗作，“忘掉她，像忘掉一朵花”一句却并非出自闻氏独创，而是化用自美国现代女诗人莎拉·蒂斯代尔（San Teasadale，1884—1933）的同名诗歌 *Let It Be Forgotten*（《忘掉它》）中国台湾诗人余光中这样翻译道：

Let It Be Forgotten

BySarah Teasdale

Let it be forgotten, as a flower is forgotten,
Forgotten as a fire that once was singing gold.
Let it be forgotten forever and ever,
Time is a kind friend, he will make us old.
If anyone asks, say it was forgotten
Long and long go,
As a flower, as a fire, as a hushed footfall
In a long-forgotten snow.

忘掉她

忘掉它，像忘掉一朵花，
像忘掉炼过黄金的火焰，
忘掉它，永远永远。时间是良友，
他会使我们变成老年。
如果有人问起，就说正忘记，
在很早，很早的往昔
像花，像火，像静静的足音
在早被遗忘的雪里。

试着读一读这两首诗，比较一下，你能说出它们在写作手法（修辞手法）上的共同点和不同之处吗？

也许——葬歌

也许你真是哭得太累，
也许，也许你要睡一睡，
那么叫夜鹰不要咳嗽，
蛙不要号，蝙蝠不要飞，

不许阳光拨你的眼帘，
不许清风刷上你的眉，
无论谁都不能惊醒你，
撑一伞松荫庇护你睡，

也许你听这蚯蚓翻泥，
听这小草的根须吸水，
也许你听这般的音乐，
比那咒骂的人声更美；

《也许——葬歌》一诗共四节，每节四行九个字，节匀称，句均齐，外观上呈长方形建筑状，给人以美感；同时，这首诗只在全诗结尾处使用了一个句号，中间各段均以逗号分隔，唯一的一个分号，表现的是诗歌意义表达的演进，这里标点符号的微妙不同出于诗人的匠心，突出了诗作的统一性和整体性。

《也许》是一首悼亡作品，作者的诗情是喷薄激昂的，表达方式却是冷静而克制的。巨大的悲伤，通过近乎呢喃的细语表现出来，“也许”“不要”“不许”“谁都不能”，这些语词给人哀而不伤的温婉的印象；“睡一睡”“拨”“刷”“撑”“庇护”“让你睡”“缓缓的飞”这些动词无不温和，无不纤美。冰冷的死亡被消解于温情之中。

那么你先把眼皮闭紧，
我就让你睡，我让你睡，
我把黄土轻轻盖着你，
我叫纸钱儿缓缓的飞。

积累与拓展

《也许——葬歌》是闻一多另一篇悼亡长女闻立瑛的作品，文学史家司马长风评价这首诗风格“纤美”，“如果一个人死了心爱的人，在他（她）的坟前，把这首诗念两遍，你会静静地流泪，而不会号啕”。激情是诗的内核，被提炼、浓缩、蒸馏而出的点滴诗句，不会消解激情，反而会使诗歌所表达的感情更为沉雄，展现出坚不可摧的力量。

第三辑　宇宙这座监狱

宇宙

宇宙是个监狱，
但是个模范监狱；
他的目的在革新，
并不在惩旧。

《宇宙》是一首短诗，却是一面理性的镜子，可以照见深邃的思想。作者将宇宙比作“监狱”，为何又要再细述为“模范监狱”，这两个比喻各表达了作者对宇宙怎样的理解？

积累与拓展

关于宇宙空间的课文，我们学习过不少，比如杨利伟的《太空一日》，郭沫若的《天上的街市》，想一想：闻一多的短诗《宇宙》与杨利伟的传记文章《太空一日》在表达方式(修辞手法)、内容与主题方面有什么不同？再把郭沫若的《天上的街市》与闻一多的《宇宙》做一番比较，看一看不同诗人笔下，浩瀚苍穹各是怎样的模样？这些不同的模样各自承载着诗人怎样的情怀与思想。

太阳吟

在诗歌的“音乐美”方面，《太阳吟》一诗，每节都以“太阳啊……底太阳！”开头，一韵到底，语言铿锵高亢，韵律十足，随着诗意的逐层递进，感情一步步升华，抒尽了留学海外游子爱国思乡的真切情感。

太阳啊，刺得我心痛的太阳！
又逼走了游子底一出还乡梦，
又加他十二个时辰底九曲回肠！

太阳啊，火一样烧着的太阳！
烘干了小草尖头底露水，
可烘得干游子底冷泪盈眶？

太阳啊，六龙骖驾的太阳！
省得我受这一天天底缓刑，
就把五年当一天跑完那又何妨？

太阳啊——神速的金乌——太阳！
让我骑着你每日绕行地球一周，
也便能天天望见一次家乡！

太阳啊，楼角新升的太阳！
不是刚从我们东方来的吗？
我的家乡此刻可都依然无恙？

太阳啊，我家乡来的太阳！
北京城里底官柳裹上一身秋了罢？
唉！ 我也憔悴的同深秋一样！

太阳啊，奔波不息的太阳！
你也好像无家可归似的呢。
啊！ 你我的身世一样地不堪设想！

太阳啊，自强不息的太阳！
大宇宙许就是你的家乡罢。
可能指示我我底家乡底方向？

太阳啊，这不像我的山川，太阳！
这里的风云另带一般颜色，
这里鸟儿唱的调子格外凄凉。

太阳啊，生命之火底太阳！
但是谁不知你是球东半底情热，
同时又是球西半底智光？

太阳啊，也是我家乡底太阳！
此刻我回不了我往日的家乡，

诗歌的第一、二、三节写游子之“怨”，抱怨太阳“逼走了游子底一出还乡梦”；第四、五、六节写游子之“望”，睹物思乡，有“隔千里兮共明月”式的感怀。

诗歌的第七、八、九节写游子之“诉”，“太阳啊……你也好像无家可归似的呢。”把太阳拟人化、人格化，把自己的游子情节投影在太阳之上，进而向他倾诉思乡之情，与太阳似有共鸣。一如古诗中“我见青山多妩媚，料青山见我应如是”的写法。

便认你为家乡也还得失相偿。

诗歌的第十、十一、十二节写游子之"眷","太阳啊,也是我家乡底太阳!""便认你为家乡也还得失相偿",至此,游子的思乡之情外化、实体化为"慈光普照的太阳",将作者的创作旨归——太阳吟即故乡颂表现得淋漓充沛。

太阳啊,慈光普照的太阳
往后我看见你时,就当回家一次,
我的家乡不在地下乃在天上!

积累与拓展

将时间与空间用想象对接,赋予自然的景物以人格化的情感,是中国诗歌常用的表达方式,读一读杜甫的《月夜》,试着找一找人格化自然景物,以及将自身的情感以想象的方式投影在歌咏对象身上的诗句。

月夜

今夜鄜州月,闺中只独看。遥怜小儿女,未解忆长安。
香雾云鬟湿,清辉玉臂寒。何时倚虚幌。双照泪痕干。

忠告

人说："月儿，你圆似弹丸，缺似弓弦；
圆时虽美，缺的难看！"
我说："月儿，圆缺是你的常事，
你别存美丑底观念！
你缺到半规，缺到娥眉，
我还是爱你那清光灿烂；
但是，你若怕丑，躲在黑云里，
不肯露面，
我看不见你，便疑你像龟鼍底甲，
蟾蜍底衣，夜叉底脸。"

一九二年五月十四日

古来咏月作品甚多，闻一多的角度可谓独到。他不囿于传统咏月作品所纠缠的月圆月缺时的妍媸，而从真实坦率与否的角度讨论，把形式主义的美的体验上升到善的高度，美的东西应该是善的，因此真实的、坦诚的，即使"缺到半规，缺到娥眉"也是"清光灿烂"的。

积累与拓展

找一找古今中外咏月的名篇名作，读一读诗人笔下情态万端的月亮，说一说你最喜欢哪一首或哪一篇，为什么？

春寒

春啊!
正似美人一般,
无妨瘦一点儿!

《春寒》是闻一多最短的诗篇,也是闻一多受中国古典诗词传统影响较大的一篇作品。

积累与拓展

在这首诗中,闻一多将季候(或自然景物)比喻为美人,这是中国古典诗词常用的修辞手法。然而,这首诗的妙处在于一个“瘦”字。触觉的“寒”与视觉的“瘦”取得共鸣,这便是一种极高明的比喻,我们称之为“通感”,又称“移觉”。同样的修辞手法还有“红杏枝头春意闹”等诗句。在今人的作品中,我们也读到过这样的写法,比如朱自清的《荷塘月色》中写道:“光与影有着和谐的旋律,如梵婀玲上奏着的名曲。”

春之首章

浴人灵魂的雨过了：
薄泥到处啮人底鞋底。
凉挟着湿润的土气
在鼻蕊间正冲突着。

金鱼儿今天许不大怕冷了？
个个都敢于浮上来呢！

东风苦劝执拗的蒲根，
将才睡醒的芽儿放了出来。
春雨过了，芽儿刚抽到寸长，
又被池水偷着吞去了。

亭子角上几根瘦硬的，
还没赶上春的榆枝，
印在鱼鳞似的天上；

“东风苦劝执拗的蒲根，/将才睡醒的芽儿放了出来。”这里使用了拟人的修辞手法，赋予东风以热情的人格形象，借以生动地表现东风在春日带给人的和暖的感受。

像一页淡蓝的朵云笺，
上面涂了些僧怀素底
铁画银钩的草书。

丁香枝上豆大的蓓蕾，
包满了包不住的生意，
呆呆地望着辽阔的天宇，
盘算他明日的荣华——
仿佛一个出神的诗人
在空中编织未成的诗句。

春啊！ 明显的秘密哟！
神圣的魔术哟！

啊！ 我忘了我自己，春啊！
我要提起我全身底力气，
在你那绝妙的文章上
加进这丑笨的一句哟！

“薄泥”“金鱼”“东风”“蒲根”“春雨”“池水”“榆枝”“蓓蕾”“天宇”这些都是春的“诗句”、“秘密”与“魔术”，而“我”只是春天“绝妙的文章”最“丑笨的一句”。这里使用了对比的手法，我的诗句是春的诗句里“丑笨的一句”，读者可以从这里想见春之美丽，春之妩媚，春之丰饶。

积累与拓展

在中国美学思想中，有一条至为重要的发现，那就是：“美不自美，因人而彰。”（柳宗元《邕州柳中丞作马退山茅亭记》）。也就是说，美的体验，美的感受源于人对于物事的领悟与观照。法国的艺术大师罗丹也表达过类似的感悟，那就是我们所熟知的：“生活中不是缺少美，而是缺少发现美的眼睛。”闻一多这首诗的成功很大程度上也得益于此，从“薄泥”“金鱼”“蒲根”“春雨”“池水”“榆枝”这些平凡的物事中诗人发现了春之美，甚至感叹，在春之美面前，自己的诗句反而是最“丑笨的一句”。试着开动脑筋，开拓眼光，发现你身边尚不为人所道的“美”吧。

春之末章

被风惹恼了的粉蝶，
试了好几处底枝头，
总抱不大稳，率性就舍开，
忽地不知飞向哪里去了。
啊！ 大哲底梦身啊！
了无粘滞的达观者哟！

太轻狂了哦！ 杨花！
依然吩咐两丝粘住罢。

娇绿的坦张的荷钱啊！
不息地仰面朝上帝望着，
一心地默祷并且赞美他——
只要这样，总是这样，
开花结实底日子便快了。

“粉蝶”“大哲底梦”化用了《庄子·齐物论》“庄周梦蝶”的典故。“昔者庄周梦为胡蝶，栩栩然胡蝶也，自喻适志与，不知周也。俄然觉，则蘧蘧然周也。不知周之梦为胡蝶与，胡蝶之梦为周与？周与胡蝶，则必有分矣。此之谓物化。”庄子梦到自己化为蝴蝶，醒来却不确定，究竟是庄周做梦华为蝴蝶，还是蝴蝶做梦化为庄周。以此寓万物为一的达观的人生态度。

一气的酣绿里忽露出
一角汉纹式的小红桥，
真红得快叫出来了！

小孩儿们也太好玩了啊！
镇日里蓝的白的衫子
骑满竹青石栏上垂钓。
他们的笑声有时竟脆得像
坍碎了一座琉璃宝塔一般。
小孩们总是这样好玩呢！

绿纱窗里筛出的琴声，
又是画家脑子里经营着的
一帧美人春睡图：
细熨的柔情，娇羞的倦致，
这般如此，忽即忽离，
啊！ 迷魂的律吕啊！

音乐家啊！ 垂钓的小孩啊！
我读完这春之宝笈底末章，
就交给你们永远管领着罢！

“一气酣绿里”的“一角汉纹式的小红桥”，写的是万绿丛中一点红的视觉效果，却用了一个表现听觉的“叫”字来修饰，此处通感不仅化视觉为听觉，而且赋予了“酣绿”“小红”以生命感、动态感，通感中有拟人，将春意的蓬勃热烈表现得酣畅淋漓。

积累与拓展

“一切景语皆情语也。”试着找一找，这首诗中，作者写了哪一些“春景”，各自表现了作者怎样的感情和对春天怎样的感受。

第四辑　诗人的书桌

红荷之魂（有序）

盆莲饮雨初放，折了几枝，供在案头，又听侄辈读周茂叔底《爱莲说》，便不得不联想及于三千里外《荷花池畔》底诗人。赋此寄呈实秋，兼上景超及其他在西山的诸友。

太华玉井底神裔啊！
不必在污泥里久恋了。
这玉胆瓶里的寒浆有些冽骨吗？
那原是没有堕世的山泉哪！

“太华玉井底神裔”“原是没有堕世的山泉”点明“红荷”的渊源与气节。

高贤底文章啊！　雏凤底律吕啊！
往古来今竟携了手来谀媚着你。
来罢！　听听这蜜甜的赞美诗罢！
抱霞摇玉的仙花呀！
看着你的躯体，
我怎不想到你的灵魂？

由案头之“荷”，联想开去，思接千载，

用了四个与荷相关的典故来塑造莲的“灵魂”，分别是：“千叶宝座上的如来”（佛家象征，喻莲魂的超脱），“丈余红瓣中的太乙”（道家象征，喻莲魂之通达），“五老峰前的诗人”（李白作《登庐山五老峰》有“青天削出金芙蓉”句，喻莲魂造化天成之美）“洞庭湖畔的骚客”（范仲淹《岳阳楼记》有言“不以物喜，不以己悲”，喻莲魂之耿介）。儒释道又正与中国传统文化三宗相应和，红荷之魂深植于中国传统文化与伦理，更显其内涵的厚重。

灵魂啊！ 到底又是谁呢？
是千叶宝座上的如来，
还是丈余红瓣中的太乙呢？
是五老峰前的诗人，
还是洞庭湖畔的骚客呢？

红荷底魂啊！
爱美的诗人啊！
便稍许艳一点儿，
还不失为“君子”。
看那颗颗袒张的荷钱啊！
可敬的——向上底虔诚，
可爱的——圆满底个性。
花魂啊！ 佑他们充分地发育罢！

花魂啊，
须提防着，
不要让菱芡藻荇底势力
吞食了泽国底版图。

花魂啊！
要将崎岖的动底烟波，
织成灿烂的静底绣锦。
然后，
高蹈的鸬鹚啊！

热情的鸳鸯啊！
水国烟乡底顾客们啊！ ……
只欢迎你们来
逍遥着，偃卧着；
因为你们知道了
你们的义务。

"高蹈的鸬鹚""热情的鸳鸯"象征着富有活力的一代青年，"花魂"(中国文化精神的象征)唯有在这些新生力量的拱卫之下，才能"织成灿烂的静底绣锦"。《红荷之魂》寄寓了闻一多对未来中国文化与一代中国新人的美好理想。

积累与拓展

把这首诗与冰心女士的散文诗《荷叶·母亲》(冰心)(七上)放在一起读一读，作一番比较，看看两位名家在写荷的时候，各自的角度，所使用的表达方式(修辞手法)，以及这两篇佳作各自表现的主题有何异同。

忆菊

——重阳节前一日作

《忆菊》以菊喻祖国，“镶着金边的绛色的鸡爪菊，粉红色有碎瓣的绣球菊”，都是“我们祖国之秋底杰作”。

插在长颈的虾青瓷的瓶里，
六方的水晶瓶里的菊花，
钻在紫藤仙姑篮里的菊花；
守着酒壶的菊花，
陪着螯盏的菊花；
未放，将放，半放，盛放的菊花。

镶着金边的绛色的鸡爪菊；
粉红色的碎瓣的绣球菊！
懒慵慵的江西腊哟；
倒挂着一饼蜂窠似的黄心，
仿佛是朵紫的向日葵呢。
长瓣抱心，密瓣平顶的菊花；
柔艳的尖瓣钻蕊的白菊①

① “柔艳的尖瓣”原为“可爱的尖瓣”。

如同美人底拳着的手爪，
拳心里攫着一撮儿金粟。[①]

檐前，阶下，篱畔，圃心底菊花：
霭霭的淡烟笼着的菊花，
丝丝的疏雨洗着的菊花，——
金底黄，玉底白，春酿底绿，秋山底紫，……

剪秋萝似的小红菊花儿；
从鹅绒到古铜色的黄菊；
带紫茎的微绿色的“真菊”
是些小小的玉管儿缀成的，
为的是好让小花神儿
夜里偷去当了笙儿吹着。

大似牡丹的菊王到底奢豪些，
他的枣红色的瓣儿，铠甲似的，
张张都装上银白的里子了；
星星似的小菊花蕾儿
还拥着褐色的萼被睡着觉呢。

啊！ 自然美底总收成啊！
我们祖国之秋底杰作啊！[②]
啊！ 东方底花，骚人逸士底花呀！

这首诗从菊花的位置、形态、色彩、种类等几个角度交叠展开，描写菊花盛放季节的情景：

菊花的安放与种植（长颈的虾青瓷的瓶、六方的水晶瓶、紫藤仙姑篮、守着酒壶、陪着螯盏，檐前、阶下、篱畔、圃心），菊花的形态（插、钻、守、陪、将放、半放、盛放、碎瓣的、懒慵慵的、长瓣抱心、密瓣平顶、尖瓣钻蕊、铠甲似的）；

菊花的种类（鸡爪菊、绣球菊、江西腊、黄菊、白菊、小红菊、“真菊”、菊王）；

菊花的色泽（镶着金边的绛色的、粉红色的、金粟、金底黄、玉底白、春酿底绿、秋山底紫、鹅绒、古铜色紫茎的、微绿色、枣红色的、银白）；

这样铺陈描写的好处是：给读者身临其境之感，仿佛置身菊的世界，菊的海洋，目不暇接，叹为观止。

---

① “一撮儿金粟”原为“一撮小黄米”。

② “我们祖国”原为“我的祖国”。

那东方底诗魂陶元亮
不是你的灵魂底化身罢?
那祖国底登高饮酒的重九
不又是你诞生底吉辰吗?

诗中在描绘菊的姿容时，使用了拟人的修辞手法："懒慵慵的江西腊"将菊花比作慵懒的美人喻其仪态自然天成；白菊"如同美人底拳着的手爪，/拳心里攫着一撮儿金粟"喻菊花花瓣既纤瘦又嫩白；菊王似穿着"银白的里子"的"铠甲"喻其雍容；小菊花蕾似孩童般纯真，"拥着褐色的萼被睡着觉"。

这样描写的好处是让读者对菊的产生鲜明生动的印象，同时，这样的描写本身就饱含着作者对菊(象征祖国)的热爱与眷恋之情，为最后四节的议论与抒情做好充分的情感铺垫，更容易与读者产生共鸣。

你不像这里的热欲的蔷薇，
那微贱的紫罗兰更比不上你。
你是有历史，有风俗的花。
啊！ 四千年华胄底名花呀！
你有高超的历史，你有逸雅的风俗！

啊！ 诗人底花呀！ 我想起你，
我的心也开成顷刻之花
灿烂的如同你的一样；
我想起你同我的家乡，
我们的庄严灿烂的祖国，
我的希望之花又开得同你一样。

习习的秋风啊！ 吹着，吹着！
我要赞美我祖国底花！
我要赞美我如花的祖国！
请将我的字吹成一簇鲜花，
金底黄，玉底白，春酿底绿，秋山底紫，……
然后又统统吹散，吹得落英缤纷，
弥漫了高天，铺遍了大地！

秋风啊！ 习习的秋风啊！
我要赞美我祖国底花！
我要赞美我如花的祖国！

积累与拓展

在《忆菊》中，诗人以菊象征祖国，回忆菊花就有了思念祖国的意味。然而，能够体现中国文化精神的花草并不只有菊花，坚贞典雅的兰花、出淤泥而不染的荷花、国色天香的牡丹、冰清玉洁的梅花，为什么作者偏偏选中忆菊以寄思乡之情呢？试着从这首诗的诗题中找一找答案。

____

____

雪

在《雪》中，诗人描写了风雪在三个环境中的不同境遇：荒地上没有生命存在，风雪肆无忌惮；房舍中有了生命，风雪便所收敛；森林中生命强大，风雪便偃旗息鼓。诗人借森林威力，呼吁人们要团结起来，战胜一切敌人。

夜散下无数茸毛似的天花，
织成一件大氅，
轻轻地将憔悴的世界，
从头到脚地包了起来：
又加了死人一层殓衣。

伊将一片鱼鳞似的屋顶埋起了，
却总埋不住那屋顶上的青烟缕。
啊！ 缕缕蜿蜒的青烟啊！
仿佛是诗人向上的灵魂，
穿透自身的躯壳，直向天堂迈往。

高视阔步的风霜蹂躏世界，
森林里抖颤的众生战斗多时，
最末望见伊底白氅，

都欢声喊道：“和平到了，奋斗成功了！
这不是冬投降底白旗吗？”

积累与拓展

《雪》的主题是人的意志与力量与蹂躏世界的风霜雨雪之间的斗争，以及取得的最终胜利。雪，是寒冬的爪牙。而在另一首描写雪景的古诗中，在同样壮怀激烈的诗人岑参笔下，同样写人与风雪严寒的对抗，冰天雪地里的“白雪歌”却是另一番热烈的景象。试着读一读这首诗，说一说《白雪歌送武判官归京》中作者想表现一种怎样的情感，为什么闻一多视雪如敌军（投降底白旗），而岑参则在纷飞的大雪中看到了“春风来”时的景致？

白雪歌送武判官归京

北风卷地白草折，胡天八月即飞雪。
忽如一夜春风来，千树万树梨花开。
散入珠帘湿罗幕，狐裘不暖锦衾薄。
将军角弓不得控，都护铁衣冷难着。
瀚海阑干百丈冰，愁云惨淡万里凝。
中军置酒饮归客，胡琴琵琶与羌笛。
纷纷暮雪下辕门，风掣红旗冻不翻。
轮台东门送君去，去时雪满天山路。
山回路转不见君，雪上空留马行处。

红豆(四十二首)

《红豆》是闻一多著名的爱情组诗，系诗人献给远在大洋对岸的新婚妻子高孝贞(真)的作品。1923年岁末，诗人得知他与高真的第一个孩子即将出世，一时感慨，“情思不变，连干五昼夜作《红豆》五十首，现经删削，并旧作一首，共存四十二首为《红豆之什》”(《给梁实秋》)。这就是《红豆》组诗的创作因缘。

一

红豆似的相思啊!
一粒粒的
坠进生命底磁坛里了……
听他跳激底音声，
这般凄楚!
这般清切!

二

相思着了火，
有泪雨洒着，
还烧得好一点;
最难禁的，
是突如其来，
赶不及哭的干相思。

三

意识在时间底路上旅行:

每逢插起一杆红旗之处，
那便是——
相思设下的关卡，
挡住行人，
勒索路捐的。

四

袅袅的篆烟啊！
是古丽的文章，
淡写相思底诗句。

五

比方有一屑月光，
偷来匍匐在你枕上，
刺着你的倦眼，
撩得你镇夜不睡，
你讨厌他不？
那么这样便是相思了！

六

相思是不作声的蚊子，
偷偷地咬了一口，
陡然痛了一下，
以后便是一阵底奇痒。

七

我的心是个没设防的空城，
半夜里忽被相思袭击了，
我的心旌
只是一片倒降；

“相思设下的关卡”所“勒索路捐的”，并非物质，而是情感，闻一多将与日俱增的夫妻之情比作日日勒索自己的路捐，比喻甚为新奇。

把相思比拟作“蚊子”(蚊子本是令人讨厌的，丑陋的)，用“不作声”和“偷偷”来形容相思之情来得突然，来得毫无征兆；“痛了一下”是短暂的伤感，“一阵底奇痒”是辗转反侧的折磨。这里妙用比拟手法，将相思的发生、感受表现得鲜活而恰到好处，并且具有别出机杼、化丑为美、不落窠臼的艺术表现力和感染力。

我只盼望——
他恣情屠烧一回就去了；
谁知他竟永远占据着，
建设起宫墙来了呢？

八

有两样东西，
我总想撇开，
却又总舍不得：
我的生命，
同为了爱人儿的相思。

九

爱人啊！
将我作经线，
你作纬线，
命运织就了我们的婚姻之锦；
但是一帧回文锦哦！
横看是相思，
直看是相思，
顺看是相思，
倒看是相思，
斜看正看都是相思，
怎样看也看不出团二字。

此处用了“回文锦”的典故。晋朝秦州刺史窦滔流放在外，其妻苏蕙思念不已，织绵作回文图，名曰《璇玑图》，寄赠夫君。

十

我俩是一体了！
我们的结合，
至少也和地球一般圆满。

但你是东半球，

我是西半球，

我们又自己放着眼泪，

做成了这苍莽的太平洋，

隔断了我们自己。

十一

相思枕上的长夜，

怎样的厌厌难尽啊！

但这才是岁岁年年中之一夜，

大海里的一个波涛。

爱人啊！

叫我又怎样泅过这时间之海？

“大海里的一个波涛”、“时间之海”使用了通感的修辞手法，用空间令人绝望的遥远，表现时间“岁岁年年”“厌厌难尽”之久长。

十二

我们有一天

相见接吻时，

若是我没小心，

掉出一滴苦泪，

渍痛了你的粉颊，

你可不要惊讶！

那里有多少年底

生了锈的情热底成分啊！

十三

我到底是个男子！

我们将来见面时，

我能对你哭完了，

马上又对你笑。

你却不必如此；
你可以仰面望着我，
像一朵湿蔷薇，
在雾后的斜阳里，
慢慢儿晒干你的眼泪。

十四

我把这些诗寄给你了，
这些字你若不全认识，
那也不要紧。
你可以用手指
轻轻摩着他们，
像医生按着病人的脉，
你许可以试出
他们紧张地跳着，
同你心跳底节奏一般。

这里的“这些字你若不全认识”并非实写，而是指纸上的文字再精妙也不能尽兴表达诗人喷薄的情感，因此，灵魂的脉动只能靠用手指轻轻抚摩，方能体会。

十五

古怪的爱人儿啊！
我梦时看见的你
是背面的。

十六

在雪黯风骄的严冬里，
忽然出了一颗红日；
在心灰意冷的情绪里，
忽然起了一阵相思——
这都是我没料定的。

十七

讨诗债的债主

“讨诗债”可参考闻一多诗作《诗债》来读，在诗中闻一多将爱情形容为“慷慨的债主”，逝去的爱“在我账本上，/息上添息地繁衍”。

果然回来了!
我先不妨
倾了我的家资还着。
到底实在还不清了,
再剜出我的心头肉,
同心一起付给他罢。

十八

我昼夜唱着相思底歌儿。
他们说我唱得形容憔悴了,
我将浪费了我的生命。
相思啊!
我颂了你吗?
我是吐尽明丝的蚕儿,
死是我的休息;
我诅了你吗?
我是吐出毒剑底蜂儿,
死是我的刑罚。

十九

我是只惊弓的断雁,
我的嘴要叫着你,
又要衔着芦苇,
保障着我的生命。
我真狼狈哟!

二十

扑不灭的相思,
莫非是生命之原上底野烧?

株株小草底绿意，
都要被他烧焦了啊！

二一

深夜是"一口池塘"，喻夜之幽暗，夜之静谧，夜之寂寥；相思是"淡白的小菱花儿"，淡白喻相思之情的纯粹，"小菱花儿"喻相思之情是精巧的、惹人怜爱的。在幽深的夜的池塘上，一点淡白犹如荧光，有"蝉噪林愈静，鸟鸣山更幽"的对比突出之效。

深夜若是一口池塘，
这飘在他的黛漪上的
淡白的小菱花儿，
便是相思底花儿了，
哦！ 他结成青的，血青的，
有尖角的果子了！

二二

闻一多的婚姻是旧式婚姻，但是，经历过"五四"新文化运动洗礼的诗人不要那虚假的"齐眉举案"式的婚姻，而期冀"百无禁忌"的爱情。

我们的春又回来了，
我搜尽我的诗句，
忙写着红纸的宜春帖。
我也不妨就便写张
"百无禁忌"。
从此我若失错触了忌讳，
我们都不必介意罢！

二三

我们是两片浮萍：
从我们聚散底速率，
同距离底远度，
可以看出风儿底缓急，
浪儿底大小。

二四

我们是鞭丝抽拢的伙伴，
我们是鞭丝抽散的离侣。

万能的鞭丝啊！
叫我们赞颂吗？
还是诅咒呢？

二五

我们弱者是鱼肉；
我们曾被求福者
重看了盛在笾豆里，
供在礼教底龛前。
我们多么荣耀啊！

二六

你明白了吗？
我们是照着客们吃喜酒的
一对红蜡烛；
我们站在桌子底
两斜对角上，
悄悄地烧着我们的生命，
给他们凑热闹。
他们吃完了，
我们的生命也烧尽了。

二七

若是我的话
讲得太多，
讲到末尾，
便胡讲一阵了，
请你只当我灶上的烟囱。
口里虽勃勃地吐着黑灰，

心里依旧是红热的。

二八

这算他圆满底三绝罢！ ——
莲子，
泪珠儿，
我们的婚姻。

二九

这一滴红泪：
不是别后的清愁，
却是聚前的炎痛。

三十

他们削破了我的皮肉，
冒着险将伊的枝儿
强蛮地插在我的茎上。
如今我虽带着瘿肿的疤痕，
却开出从来没有开过的花儿了。
他们是怎样狠心的聪明啊！
但每回我瞟出看花的人们
上下抛着眼珠儿，
打量着我的茎儿时，
我的脸上就红了！

“他们削破了我的皮肉”“强蛮地插在我的茎上”“带着瘿肿的疤痕”，闻一多用形象的比喻手法表达了封建包办婚姻带给他的痛苦；然而意外的是“伊的枝儿”（象征他的起初连字都不识的妻子）“却开出从来没有开过的花儿了”比喻他们的婚姻依然是幸福的，在婚后的共同生活中培养起亲密深厚的感情。

三一

哦，脑子啊！
刻着虫书鸟篆的
一块妖魔的石头，
是我的佩刀底砺石，

也是我爱河里的礁石，
爱人儿啊！
这又是我俩之间的界石！

三二

幽冷的星儿啊！
这般零乱的一团！
爱人儿啊！
我们的命运，
都摆布在这里了！

三三

冬天底长夜，
好不容易等到天明了，
还是一块冷冰冰的，
铅灰色的天宇，
哪里看得见太阳呢？
爱人啊！ 哭罢！ 哭罢！
这便是我们的将来哟！

三四

我是狂怒的海神，
你是被我捕着的一叶轻舟。
我的情潮一起一落之间，
我笑着看你颠簸；
我的千百个涛头
用白晃晃的锯齿咬你，
把你咬碎了，
便和樯带舵吞了下去。

“狂怒的海神”（喻诗人自己）、“一叶轻舟”（喻诗人旧式婚姻的妻子），这里的比喻既含蓄又直率地表现了作者在面对旧式婚姻“塞”给他的妻子时，心情其实是复杂的，即所谓“情潮一起一落之间”。

自然界的风暴是人物内心风波的写照，婚恋家庭的“红烛”需要爱人的“素手”剪裁、遮护。

三五

夜鹰号咷地叫着；
北风拍着门环，
撕着窗纸，
撞着墙壁，
掀着屋瓦，
非闯进来不可。
红烛只不息地淌着血泪，
凝成大堆赤色的石钟乳。
爱人啊！ 你在哪里？
快来剪去那乌云似的烛花，
快窝着你的素手
遮护着这抖颤的烛焰！
爱人啊！ 你在哪里？

三六

当我告诉你们：
我曾在玉箫牙板，
一派悠扬的细乐里，
亲手掀起了伊的红盖帕；
我曾著着银烛，
一壁撷着伊的凤钗，
一壁在伊耳边问道：
“认得我吗？”
朋友们啊！
当你们听我讲这些故事时，
我又在你们的笑容里，

认出了你们私心的艳羡。

三七

这比我的新人，
谁个温柔？
从炉面镂空的双喜字间，
吐出了一线蜿蜒的香篆。

三八

你午睡醒来，
脸上印着红凹的簟纹，
怕是链子锁着的，
梦魂儿罢？
我吻着你的香腮，
便吻着你的梦儿了。

三九

我若替伊画像，
我不许一点人工产物
污秽了伊的玉体。
我并不是用画家底肉眼，
在一套曲线里看伊的美；
但我要描出我常梦着的伊——
一个通灵澈洁的裸体的天使！
所以为免除误会起见，
我还要叫伊这两肩上
生出一双翅膀来。
若有人还不明白，
便把伊错认作一只彩凤，

三六、三七、三八，这三首诗表现的是诗人对婚姻生活中最美好片段的回忆，分别是新婚的喜堂、洞房中的二人相对，以及蜜月的午后时光。美好的回忆唤起诗人对婚姻的眷恋，也重燃起诗人对婚姻的信心。

那倒没什么不可。

四十

假如黄昏时分，
忽来了一阵雷电交加的风暴，
不须怕得呀，爱人！
我将紧拉着你的手，
到窗口并肩坐下，
我们一句话也不要讲，
我们只凝视着
我们自己的爱力
在天边碰着，
碰出金箭似的光芒，
炫瞎我们自己的眼睛。

四一

有酸的，有甜的，有苦的，有辣的。
豆子都是红色的，
味道却不同了。
辣的先让礼教尝尝！
苦的我们分着囫囵地吞下。
酸的酸得象梅子一般，
不妨细嚼着止止我们的渴。
甜的呢！
啊！ 甜的红豆都分送给邻家作种子罢！

四二

我唱过了各样的歌儿，
单单忘记了你。

生活的酸甜苦辣，既是婚恋的写照，也寄寓着作者对中国社会和青年的祝福，令人跳脚的“辣”给礼教所象征的旧秩序；生活的“苦”夫妻一起承担，一起品味；“酸”像梅子，比喻那些暂时没有得到或实现的目标，然而希望在前，可以“止止我们的渴”；“甜”的红豆是闻一多送给中国新青年的祝福，希望他们的婚姻与爱情不再重蹈自己的覆辙，自由而美好。

但我的歌儿该当越唱越新，越美。
这些最后唱的最美的歌儿，
一字一颗明珠，
一字一颗热泪，
我的皇后啊！
这些算了我赎罪底菲仪，
这些我跪着捧献给你。

积累与拓展

《红豆》组诗既是闻一多著名的爱情诗篇，又不止于爱情，在这组长诗中，诗人写爱情、记生活、喻时势、祝福未来。正如诗篇末尾写到“赎罪底菲仪”，闻一多并不回避、不粉饰他所经历和面对旧式婚姻时经历的困顿与烦恼，还有他对于婚恋既心生疑虑又不肯放弃信心与希望的矛盾心态。闻一多的爱情与婚姻就是那个时代“当新知识分子遭遇旧式婚姻”故事的典型，这使得他的抒怀、他的辗转、甚至他的困惑都具有了超越单纯男女情爱的社会现实意义。

剑匣

I built my soul a lordly pleasure—house,
Wherein at ease for aye to dwell.
……
And “While the world runs round and round”
I said,
“eign thou apart, a quiet king,
Still as, while Saturn whirls, his steadfast shade
Sleeps on his luminous ring.”

To which my soul made answer readily:
“Trust me in bliss I shall abide
In this great mansion, that is built for me,

So royal rich and Wide." ①

——Tennyson

在生命底大激战中，
我曾是一名盖世的骁将。
我走到四面楚歌底末路时，
并不同项羽那般顽固，
定要投身于命运底罗网。
但我有这绝岛作了堡垒，
可以永远驻扎我的退败的心兵，
在这里我将养好了我的战创。
在这里我将忘却了我的仇敌。

在这里我将作个无名的农夫，
但我将让闲惰底芜蔓
蚕食了我的生命之田。

《剑匣》描写了一个"盖世的骁将"在孤岛完成了一件空前绝后的艺术品——剑匣的制作过程，最后他陶醉在剑匣富丽堂皇的光芒中而昏死过去，实现了他""。诗歌将神话与现实、历史与个人、孤岛与世界连接在一起，弥漫着奇丽梦幻的神话色彩。

---

① 根据绿原的诗译，此段引文的译文如下：
我为我的灵魂筑起一道巍峨的别馆，
好让它在里面优游岁月直到永远。
……
而"当世界兜着圈子奔忙时，"我说，
"你在一旁临御着，像一位无为的国王，
宁静有如土星旋转之际，它稳定的阴影
停落在它灿烂的光环之上。"

于是我的灵魂立即作出答复：
"哦，让我享此天福，我将安居
在如此富丽而宽广的
这座为我们筑的华屋。"

——丁尼生

丁尼生(Alfred Tennyson，1809—1892)，英国桂冠诗人。上一段引诗出自他的《艺术的宫殿》。——编者注

也许因为我这肥泪底无心的灌溉，
一旦芜蔓还要开出花来呢？
那我就镇日徜徉在田塍上，
饱喝着他们的明艳的色彩。

我也可以作个海上的渔夫：
我将撒开我的幻想之网。
在寥阔的海洋里；
在放网收网之间，
我可以坐在沙岸上做我的梦，
从日出梦到黄昏……
假若撒起网来，不是一些鱼虾，
只有海树珊瑚同含胎的老蚌，
那我却也喜出望外呢。

有时我也可佩佩我的旧剑，
踱进山去作个樵夫。
但群松舞着葱翠的干戚，
雍容地唱着歌儿时，
我又不觉得心悸了。
我立刻套上我的宝剑，
在空山里徘徊了一天。
有时看见些奇怪的彩石，
我便拾起来，带了回去；
这便算我这一日底成绩了。

“盖世的骁将”从象征世俗纷扰的“生命底大激战”中退隐，无论“作个无名的农夫”，“镇日徜徉在田塍上”；还是“作个海上的渔夫”，“在放网收网之间”做梦；或者“踱进山去作个樵夫”，“雍容地唱着歌儿”，都是闲散的，松弛的，即便对于农夫、渔夫、樵夫的工作，他也并不兢兢业业，另一个角度讲，我们可以理解为：“骁将”的态度是厌世的。这是他“自杀”的心理依据。

但这不是全无意识的。
现在我得着这些材料，
我真得其所了；
我可以开始我的工匠生活了，
开始修葺那久要修葺的剑匣。

我将摊开所有的珍宝，
陈列在我面前，
一样样的雕着，镂着，
磨着，重磨着……
然后将他们都镶在剑匣上，——
用我的每出的梦作蓝本，
镶成各种光怪陆离的图画。

我将描出白面美髯的太乙
卧在粉红色的荷花瓣里，
在象牙雕成的白云里飘着。
我将用墨玉同金丝
制出一只雷纹镶嵌的香炉；
那炉上炷着袅袅的篆烟，
许只可用半透明的猫儿眼刻着。
烟痕半消未灭之处，
隐约地又升起了一个玉人，
仿佛是肉袒的维纳司呢……
这块玫瑰玉正合伊那肤色了。

晨鸡惊耸地叫着，
我在蛋白的曙光里工作，
夜晚人们都睡去，我还作着工——
烛光抹在我的直陡的额上，
好像紫铜色的晚霞
映在精赤的悬崖上一样。

我又将用玛瑙雕成一尊梵像，
三首六臂的梵像，
骑在鱼子石的象背上。
珊瑚作他口里含着的火，
银线辫成他腰间缠着的蟒蛇，
他头上的圆光是块琥珀的圆壁。

我又将镶出一个瞎人
在竹筏上弹着单弦的古瑟。
（这可要镶得和王叔远底
桃核雕成的《赤壁赋》一般精细）。
然后让翡翠，蓝玛玉，紫石瑛，
错杂地砌成一片惊涛骇浪；
再用碎砾的螺钿点缀着，
那便是涛头闪目的沫花了。
上面再笼着一张乌金的穹窿，
只有一颗宝钻的星儿照着。

春草绿了，绿上了我的门阶，

“骁将”精心修葺、雕琢、镶嵌的剑匣是一件集世间奇珍于一身、想象光怪陆离、超凡脱俗的艺术品，刻的是龙凤、天马、蟒蛇、蝴蝶、灵芝、玉莲、海涛、白云、香炉、星星；用的是象牙、墨玉、玫瑰玉、蓝玛玉、碧玉、金丝、银丝、猫眼、玛瑙、鱼子石、珊瑚、琥珀、翡翠、紫石瑛、螺钿、乌金、钻石、玳瑁、璧玺、赤瑛、白玛瑙、蓝琉璃；“镶得和王叔远底/桃核雕成的《赤壁赋》一般精细”。这里可以与诗前丁尼生的诗句形成呼应。丁尼生诗中说“我为我的灵魂筑起一道巍峨的别馆，/好让它在里面悠游岁月直到永远”，以及“富丽而宽广的”华屋。无论剑匣、别馆或华屋，都是诗人“为艺术而艺术”理念的寄托与写照。

我同春一块儿工作着；
蟋蟀在我床下唱着秋歌，
我也唱着歌儿作我的活。
我一壁工作着，一壁唱着歌：
我的歌里的律吕
都从手指尖头流出来，
我又将他制成层叠的花边：
有盘龙，对凤，天马，辟邪底花边，
有芝草，玉莲，万字，双胜底花边，
又有各色的汉纹边，
套在最外的一层边外。

若果边上还缺些角花，
把蝴蝶嵌进去应当恰好。
玳瑁刻作梁山伯，
璧玺刻成祝英台，
碧玉，赤瑛，白玛瑙，蓝琉璃，……
拼成各种彩色的凤蝶。
于是我的大功便告成了！

哦，我的大功告成了！
你不要轻看了我这些工作！
这些不伦不类的花样，
你该知道不是我的手笔，
这都是梦底原稿的影本。
这些不伦不类的色彩，

也不是我的意匠底产品，
是我那芜蔓底花儿开出来的。
你不要轻看了我这些工作哟！

哦，我的大功告成了！
我将抽出我的宝剑来——
我的百炼成钢的宝剑，
吻着他吻着他……
吻去他的锈，吻去他的伤疤；
用热泪洗着他，洗着他……
洗净他上面的血痕，
洗净他罪孽底遗迹；
又在龙涎香上熏着他，
熏去了他一切腥膻的记忆。
然后轻轻把他送进这匣里，
唱着温柔的歌儿，
催他快在这艺术之宫中酣睡。

哦，哦，我的大功告成了！
我的大功终于告成了！
人们的匣是为保护剑底锋芒，
我的匣是要藏他睡觉的。
哦，我的剑匣修成了，
我的剑有了永久的归宿了！

哦，我的剑要归寝了！

与精美绝伦的艺术品“剑匣”相对比，诗人对世俗意义的价值观、成败观做了无情的嘲讽。在闻一多笔下的骁将眼中，李广是“轻佻的”，李白是“迂腐的”，汉高祖是“滑头的”，楚霸王是“无聊的”——无论他们生前身后何等荣耀万丈，溢美盈天，在“骁将”眼中，现实生存的患得患失，甚至所谓的含辛茹苦，所谓的励精图治，都令他厌弃。这也表现了诗人对于艺术的超越性和纯粹性不懈的追求。在诗歌的领域，闻一多用艺术想象和象征的手法筑就一支纯艺术的“剑匣”。而纯粹的艺术是不屑于世俗价值关于功过得失的判断以及世人的汲汲营营的。

我不要学轻佻的李将军，
拿他的兵器去射老虎，
其实只射着一块僵冷的顽石。
哦，我的剑要归寝了！
我也不要学迂腐的李翰林，
拿他的兵器去割流水，
一壁割着，一壁水又流着。
哦，我的兵器只要韬藏，
我的兵器只要酣睡。
我的兵器不要斩芟奸横，
我知道奸横是僵冷的顽石一堆；
我的兵器也不要割着愁苦，
我知道愁苦是割不断的流水。

哦，我的大功告成了！
让我的宝剑归寝了！
我岂似滑头的汉高祖，
拿宝剑斫死了一条白蛇，
因此造一个谣言，
就骗到了一个天下？
哦！ 天下，我早已得着了啊！
我早坐在艺术底凤阙里，
像大舜皇帝，垂裳而治着
我的波希米亚的世界了啊！
哦！ 让我的宝剑归寝罢！
我又岂似无聊的楚霸王，

拿宝剑斫掉多少的人头，
一夜梦回听着恍惚的歌声，
忽又拥着爱姬，抚着名马，
提起原剑来刎了自己的颈？

哦！ 但我又不妨学了楚霸王，
用自己的宝剑自杀了自己。
不过果然我要自杀，
定不用这宝剑底锋芒。
我但愿展玩着这剑匣——
展玩着我这自制的剑匣
我便昏死在他的光彩里！

哦，我的大功告成了！
我将让宝剑在匣里睡着觉，
我将摩抚着这剑匣，
我将宠媚着这剑匣——
看着缠着神蟒的梵像，
我将巍巍地抖颤了，
看看筏上鼓瑟的瞎人，
我将号咷地哭泣了；
看看睡在荷瓣里的太乙，
飘在篆烟上的玉人，
我又将迷迷地嫣笑了呢！

哦，我的大功告成了！

“骁将”最终大功告成了，“用自制的剑匣自杀了”实现了自己“果然我要自杀，/定不用这宝剑底锋芒”——读到这里读者终于恍然大悟：《剑匣》所谓的“自杀”并非真实意义的戕害结束自己的生命，而是一种精神、文化意义的“殉身”，即将自己的毕生精力与智慧都奉献予某一项事务。闻一多笔下的骁将，选择的是一条从世俗利益得失中抽身而出，固守“为艺术而艺术”的纯粹艺术理念，全身心献身艺术的道路。故而，杀死“他”的，不是“宝剑底锋芒”而是“自制的剑匣”。

我将让宝剑在匣里睡着。
我将看着他那光怪的图画，
重温我的成形的梦幻，
我将看着他那异彩的花边，
再唱着我的结晶的音乐。

啊！ 我将看着，看着，看着，
看到剑匣战动了，
模糊了，更模糊了，
一个烟雾弥漫的虚空了，……

哦！ 我看到肺脏忘了呼吸，
血液忘了流驶，
看到眼睛忘了看了。
哦！ 我自杀了！
我用自制的剑匣自杀了！
哦哦！ 我的大功告成了！

积累与拓展

《剑匣》是一首瑰丽华美的诗篇，犹如一幅浓墨重彩的长卷，充分体现了闻一多诗歌“三美”，尤其是音乐美与绘画美的主张，然而，读罢华美的诗篇，我们不妨申发开去想一想：为世俗的成败得失而汲汲营营是无聊的，那么，为了空中楼阁般的“为艺术而艺术”的美“殉身”便一定是值得一过的人生吗？生活可以是艺术的，但是把生活过成一件艺术品，或许是可怕的。

李白之死

世俗流传太白以捉月骑鲸而终，本属荒诞。此诗所述亦凭臆造，无非欲借以描画诗人底人格罢了。读者不要当作历史看就对了。

我本楚狂人，
凤歌笑孔丘。

——李白

一对龙烛已烧得只剩下光杆两枝，
却又借回已流出的浓泪底余脂，
牵延着欲断不断的弥留的残火，
在夜底喘息里无效地抖擞振作。
杯盘狼藉在案上，酒坛睡倒在地下，
醉客散了，如同散阵投巢的乌鸦；
只那醉得最很，醉得如泥的李青莲
（全身底骨架如同脱了榫的一般）
还歪倒倒的在花园底椅上堆着，

口里喃喃地，不知到底说些什么。

声音听不见了，嘴唇还喋着不止；
忽地那络着密密红丝网的眼珠子，
（他自身也便像一个微小的醉汉）
对着那怯懦的烛焰瞪了半天；
仿佛一只饿狮，发见了一个小兽，
一声不响，两眼睁睁地望他尽瞅；
然后轻轻地缓缓地举起前脚，
便迅雷不及掩耳，忽地往前扑着——
像这样，桌上两对角摆着的烛架，
都被这个醉汉拉倒在地下。

诗篇从筵席散后的情景起笔，醉客散了，杯盘狼藉，残筵之上，只零余“醉汉”李白一人，烘托出一种昏乱之后，孤独、凄凉的氛围；

“哼哼！ 就是你，你这可恶的作怪，”
他从咬紧的齿缝里泌出声音来，
“碍着我的月儿不能露面哪！
月儿啊！ 你如今应该出来了罢！
哈哈！ 我已经替你除了障碍，
骄傲的月儿，你怎么还不出来？
你是瞧不起我吗？ 啊，不错！
你是天上广寒宫里的仙娥，
我呢？ 不过那戏弄黄土的女娲
散到六合里来底一颗尘沙！①
啊！ 不是！ 谁不知我是太白之精？

① “女娲戏黄土，团作愚下人，散在六合间，蒙蒙如沙尘。”——《上云乐》

我母亲没有在梦里会过长庚?[①]
月儿，我们星月原是同族的，
我说我们本来是很面熟的呢!”
在说话时，他没留心那黑树梢头
渐渐有一层薄光将天幕烘透，
几朵铅灰云彩一层层都被烘黄，
忽地有一个琥珀盘轻轻浮上，
(却又像没动似的)他越浮得高，
越缩越下；颜色越褪淡了，直到
后来，竟变成银子样的白的亮——
于是全世界都浴着伊的晶光。
簇簇的花影也次第分明起来，
悄悄爬到人脚下偎着，总躲不开——
像个小狮子狗儿睡醒了摇摇耳朵
又移到主人身边懒洋洋地睡着。
诗人自身的影子，细长得可怕的一条，
竟拖到五步外的栏杆上坐起来了。
从叶缝里筛过来的银光跳荡，
啮着环子的兽面蠢似一朵缩菌，
也鼓着嘴儿笑了，但总笑不出声音。
桌上一切的器皿，接受复又反射
那闪灼的光芒，又好像日上的盔甲。

这段时间中，他通身的知觉都已死去，

---

① “惊姜之夕，长庚入梦，故生而名白，以太白字之。”——李阳冰《草堂集序》

那被酒催迫了的呼吸几乎也要停驻；
两眼只是对着碧空悬着的玉盘，
对着他尽看，看了又看，总看不倦。
“啊！　美呀！”他叹道，“清寥的美！　莹澈的美！
宇宙为你而存吗？　你为宇宙而在？
哎呀！　怎么总是可望而不可即！
月儿呀月儿！　难道我不应该爱你？
难道我们永远便是这样隔着？
月儿，你又总爱涎着脸皮跟着我；
等我被你媚狂了，要拿你下来，
却总攀你不到。　唉！　这样狠又这样乖！

月啊！　你怎同天帝一样地残忍！
我要白日照我这至诚的丹心，
狰狞的怒雷又砰訇地吼我；
我在落雁峰前几次朝拜帝座，①
额撞裂了，嗓叫破了，阊阖还不开。
吾爱啊！　帝旁擎着雉扇的吾爱！
你可能问帝，我究犯了哪条天律？
把我谪了下来，还不召我回去？②
帝啊！　帝啊！　我这罪过将永不能赎？
帝呀！　我将无期地囚在这痛苦之窟？”
又圆又大的热泪滚向膨胀的胸前，
却有水银一般地沉重与灿烂；

这一段写“骄傲的月儿”还不露面，诗人久盼不来，开始变得焦灼不安，以至于牢骚喋喋；这是一种爱而不得，继而生怨的情感，同时也从侧面角度写了李白的孤独，李白的盼月有“嘤其鸣矣，求其友声”的意味。

---

① “李白登华山落雁峰曰：‘此山最高，呼吸之气想通天帝座矣。恨不携谢朓惊人诗来搔首问青天耳！’”——《云仙杂记》。

② 贺知章称白为“谪仙人”。

又像是刚同黑云碰碎了的明月
溅下来点点的残屑，炫目的残屑。

“帝呀！ 既遣我来，就莫生他们！”他又讲，
“他们，那般妖媚的狐狸，猜狠的豺狼！
我无心作我的诗，谁想着骂人呢？
他们小人总要忍心地吹毛求疵，
说那是讥诮伊的。 哈哈！ 这真是笑话！
他是个什么人？ 他是个将军吗？
将军不见得就不该替我脱靴子。
唉！ 但是我为什么要作那样好的诗？
这岂不自作的孽，自招的罪？ ……①
哪里？ 我哪里配得上谈诗？ 不配，不配；
谢玄晖才是千古的大诗人呢！ ——
那吟‘馀霞散成绮，澄红净如练’的
谢将军，诗既作的那么好——真好！ ——
但是哪里像我这样地坎坷潦倒？”②
然后，撑起胸膛，他长长地叹了一声。
只自身的影子点点头，再没别的同情？
这叹声，便似平远的沙汀上一声鸟语，
叫不应回音，只悠悠地独自沉没，
终于无可奈何，被宽嘴的寂静吞了。

“啊‘澄江净如练’，这种妙处谁能解道？

---

① 高力士以脱靴事蓄怨于白。玄宗尝与太真赏花于沉香亭，诏白为乐章；白作“清平调”以献。力士摘之以谗于太真。自是帝每欲重用白，辄为太真所阻。——见《唐书》本传。

② 白生平最服膺谢朓，诗中屡次称道。有句云：“解道‘澄江净如练，令人长忆谢玄晖。”

记得那回东巡浮江底一个春天——[1]
两岸旌旗引着腾龙飞虎回绕碧山——
果然如是，果然是白练满江……
唔？ 又讲起他的事了？ 冤枉啊！ 冤枉！
夜郎有的是酒，有的是月，我岂怨嫌？[2]
但不记得那天夜半，我被捉上楼船！[3]
我企望谈谈笑笑，学着仲连安石们，
替他们解决这些纷纠，扫却了胡尘。[4]
哈哈！ 谁又知道他竟起了野心呢？
哦，我竟被人卖了！ 但一半也怪我自身！”

这样他便将那成灰的心渐渐扇着，
到底又得痛饮一顿，浇熄了愁底火，
谁知道这愁竟像田单底火牛一般：
热油淋着：狂风煽着，越奔火越燃，
毕竟虽烧焦了骨肉，牺牲了生命，
那束刃的采帛却焕成五色的龙文：
如同这样，李白那煎心烙肺的愁焰，
也便烧得他那幻象底轮子急转，
转出了满牙齿上攒着的“丽藻春葩”。
于是他又讲，“月儿！ 若不是你和他，”
手指着酒壶，“若不是你们的爱护，

李白的控诉与追问强调“我”是被“谪了下来”，“我究犯了哪条天律?”李白被誉为“谪仙”，这里化用了“谪仙”的典故，加以想象衍申，所塑造的依然是一个茕茕孑立的“谪仙人”遗世而独立的形象。

① 白尝依永王璘；有《永王东巡歌》十一首。
② 永王作乱，事败；白流于夜郎。
③ “半夜水军来，……追胁上楼船。”——《赠江夏太守》
④ “但用山东谢安石，为君谈笑静胡沙。”——《永王东巡歌》“所冀旄头灭，功成追鲁连。”——《在水军宴赠幕府诸公》

我这生活可不还要百倍地痛苦？
啊！ 可爱的酒！ 自然赐给伊的骄子——
诗人底恩俸！ 啊，神奇的射愁底弓矢！
开启琼宫的管钥！ 琼宫开了：
那里有鸣泉漱石，玲鳞怪羽，仙花逸条；
又有琼瑶的轩馆同金碧的台榭；
还有吹不满旗的灵风推着云车，
满载霓裳缥缈，彩佩玲珑的仙娥，
给人们颂送着驰魂宕魄的天乐。
啊！ 是一个绮丽的蓬莱底世界；
被一层银色的梦轻轻地锁着在！”

“啊！ 月呀！ 可望而不可即的明月！
当我看你看得正出神的时节，
我只觉得你那不可思议的美艳，
已经把我全身溶化成水质一团，
然后你那提挈海潮底全副的神力，
把我也吸起，浮向开遍水钻花的
碧玉的草场上；这时我肩上忽展开
一双翅膀，越张越大，在空中徘徊，
如同一只大鹏浮游于八极之表。[①]
哦，月儿，我这时不敢正眼看你了！
你那太强烈的光芒刺得我心痛。 ……
忽地一阵清香搅着我的鼻孔，

① “余昔于江陵，见天台司马子微，谓余有仙风道骨，可与神游八极之表。因著《大鹏遇希有鸟赋》以自广。”——《大鹏赋序》

我吃了一个寒噤，猛开眼一看，……
哎呀！ 怎地这样一副美貌的容颜！
丑陋的尘世！ 你哪有过这样的副本？
啊！ 布置得这样调和，又这般端正，
竟同一阕鸾凰和鸣的乐章一般！
哦，我如何能信任我的这双肉眼？
我不相信宇宙间竟有这样的美！
啊，大胆的我哟，还不自惭形秽，
竟敢现于伊前！ ——啊！ 笨愚呀糊涂！ ——
这时我只觉得头昏眼花，血凝心冱；
我觉得我是污烂的石头一块，
被上界底清道夫抛掷下来，
掷到一个无垠的黑暗的虚空里，
坠降，坠降，永无着落，永无休止！”

月儿初还在池下丝丝柳影后窥看，
像沐罢的美人在玻璃窗口晾发一般；
于今却已姗姗移步出来，来到了池西；
夜飔底私语不知说破了什么消息，
池波一皱，又惹动了伊娴静的微笑。
沉醉的诗人忽又战巍巍地站起了，
东倒西歪地挨到池边望着那晶波。
他看见这月儿，他不觉惊讶地想着：
如何这里又有一个伊呢？ 奇怪！ 奇怪！
难道天有两个月，我有两个爱？
难道刚才伊送我下来时失了脚，

《李白之死》是一首典型的托物言志的诗作。闻一多的诗，常在古典文化意象和万物生灵中寄托自我主观情感，成为同时代诗人中一道独特的景观。在《李白之死》一诗，诗人以“李白捉月骑鲸而终”的传说为素材，借李白排遣孤独与反抗强权之事，抒写自己与黑暗抗争的决心，以达到“借他人之酒杯，浇心头之块垒”之目的。

掉在这池里了吗？——这样他正疑着……
他脚底下正当活泼的小涧注入池中，
被一丛刚劲的菖蒲鲠塞了喉咙，
便咯咯地咽着，像喘不出气的呕吐。
他听着吃了一惊，不由得放声大哭：
“哎呀！爱人啊！淹死了，已经叫不出声了！”
他翻身跳下池去了，便向伊一抱，
伊已不见了，他更惊慌地叫着，
却不知道自己也叫不出声了！
他挣扎着向上猛踊，再昂头一望，
又见圆圆的月儿还平安地贴在天上。
他的力已尽了，气已竭了，他要笑，
笑不出了，只想道：“我已救伊上天了！”

积累与拓展

《李白之死》是一首现代诗，这首长诗成功化用了中国传统文化与历史人物传说的精华，来表现自己与黑暗势力势不两立、斗争到底的意志，所谓“借他人之酒杯，浇心头之块垒”。闻一多的“他人之酒杯”主要指李白诗作《月下独酌》四首。读罢闻一多的《李白之死》，我们不妨再读一读李白自己的诗作，想一想这一今一古两首浪漫主义诗作在情感内容与表达方式（修辞手法）上是否有异曲同工之处。

其一

花间一壶酒，独酌无相亲。
举杯邀明月，对影成三人。

月既不解饮，影徒随我身。
暂伴月将影，行乐须及春。
我歌月徘徊，我舞影零乱。
醒时同交欢，醉后各分散。
永结无情游，相期邈云汉。

其二

天若不爱酒，酒星不在天。
地若不爱酒，地应无酒泉。
天地既爱酒，爱酒不愧天。
已闻清比圣，复道浊如贤。
贤圣既已饮，何必求神仙。
三杯通大道，一斗合自然。
但得酒中趣，勿为醒者传。

其三

三月咸阳城，千花昼如锦。
谁能春独愁，对此径须饮。
穷通与修短，造化夙所禀。
一樽齐死生，万事固难审。
醉后失天地，兀然就孤枕。
不知有吾身，此乐最为甚。

其四

穷愁千万端，美酒三百杯。
愁多酒虽少，酒倾愁不来。

所以知酒圣，酒酣心自开。
辞粟卧首阳，屡空饥颜回。
当代不乐饮，虚名安用哉。
蟹螯即金液，糟丘是蓬莱。
且须饮美酒，乘月醉高台。

长城下的哀歌

啊！ 五千年文化底纪念碑哟！
伟大的民族底伟大的标帜！ ……
哦，那里是赛可罗坡底石城？
那里是贝比楼？ 那里是伽勒寺？
这都是被时间蠹蚀了的名词；
长城？ 肃杀的时间还伤不了你。

赞长城：古代世界的历史遗迹，唯有长城依旧屹立，是“伟大的民族底伟大的标帜”。

长城啊！ 你又是旧中华底墓碑，
我是这墓中的一个孤鬼——
我坐在墓上痛哭，哭到地裂天开，
可才能找见旧中华底灵魂，
并同我自己的灵魂之所在？ ……

哭长城：“长城啊！你又是旧中华底墓碑”。

长城啊！ 你原是旧中华底墓碑！
长城啊！ 老而不死的长城啊！
你还守着那九曲的黄河吗？

问长城：“长城啊！你可守得住你的文化！”作者感慨：历史的车轮滚滚向前，长城所代表的古老的中华文明可能再度屹立于世界民族之林?!

你可听见他那消沉的脉搏？
你的同僚怕不就是那金字塔？
金字塔，他虽守不住他的山河，
长城啊！ 你可守得住你的文化！

你是一条身长万里的苍龙，
你送帝轩辕升天去回来了，
偃卧在这里，头枕沧海，尾蹋昆仑，
你偃卧在这里看护他的子孙。
长城啊！ 你可尽了你的责任？
怎么黄帝的子孙终于“披发左衽！”

你又是一座曲折的绣屏：
我们在屏后的华堂上宴饮——
日月是我们的两柱纱灯，
海水天风和着我们高咏，
直到时间也为我们驻辔流连，
我们便挽住了时间放怀酣寝。

思长城：长城的意义如果只是退守，只是“为我们的睡眠担当保障”，那么，“睡锈了我们的筋骨”，“睡忘了我们的理想”，就必然是从匈奴、吐蕃、辽、金、元、满时候起至今不可避免的轮回的悲剧。

长城！ 你为我们的睡眠担当保障；
待我们睡锈了我们的筋骨，
待我们睡忘了我们的理想，
流贼们忽都爬过我们的围屏，
我们哪能御抗？ 我们只得投降，
我们只得归附了狐群狗党。

长城啊！ 你何曾隔阂了匈奴，吐藩？
你又何曾障阻了辽，金，元，满？ ……
古来只有塞下的雪没马蹄，
古来只有塞上的烽烟云卷，
古来还有胡载着一个佳人，
抱着琵琶饮泣驰出了玉关！ ……

唉！ 何须追忆得昨日的辛酸！
昨日的辛酸怎比今朝的劫数？
昨日的敌人是可汗，是单于，
都幸而闯入了我们的门庭，
洗尽腥膻，攀上了文明底坛府，——
昨日的敌人还是我们的同族。

但是今日的敌人，今日的敌人，
是天灾？ 是人祸？ 是魔术？ 是妖氛？
哦，铜筋铁骨，嚼火漱雾的怪物，
运输着罪孽，散播着战争，……
哦，怕不要扑熄了我们的日月，
怕不要捣毁了我们的乾坤！

啊！ 从今哪有珠帘半卷的高楼，
镇日里睡鸭焚香，龙头泻洒，
自然歌稳了太平，舞清了宇宙？
从今那有石坛丹灶的道院，
一树的碧阴，满庭红日，——

童子煎茶，烧着了枯藤一束？

那有窗外的一树寒梅，万竿斜竹，
窗里的幽人抚着焦桐独奏？
再那有荷锄的农夫踏着夕阳，
歌声响在山前，人影没入山后？
又那有柳荫下系着的渔舟，
和细雨斜风催不回去的渔叟？

哦，从今只有暗无天日的绝壑，
装满了么小微茫的生命，
像黑蚁一般的，东西驰骋，——
从今只有半死的囚奴：鹄面鸠形，
抱着金子从矿坑里爬上来，
给吃人的大王们献寿谢恩。

从今只有数不清的烟突，
彷佛昂头的毒蟒在天边等候，
又像是无数惊恐的恶魔，
伸起了巨手千只，向天求救，
从今瞥着万只眼睛的街市上，
骷髅拜骷髅，骷髅赶着骷髅走。

“骷髅拜骷髅，/骷髅赶着骷髅走”喻九州华夏军阀混战，群魔乱舞，百姓则在一个接一个的骷髅手下煎熬度日。

啊！ 你们夸道未来的中华，
就夸道万里的秦岭蜀山，
剖开腹脏，泻着黄金，泻着宝钻；

夸道我们铁路络绎的版图，
就像是网脉式的楮叶一片，
停泊在太平洋底白浪之间。

又夸道麢载归来的战舰商轮，
载着金的，银的形形色色的货币，
镌着英皇乔治，美国总统林肯，
各国元首底肖像，各国底国名；
夸道西欧底海狮，北美底苍隼，
俯首锻翮，都在上国之前请命。

你们夸道东方的日耳曼，
你们夸道又一个黄种的英伦，——
哈哈！ 夸道四千年文明神圣，
俯首贴耳的堕入狗党狐群！
啊！ 新的中华吗？ 假的中华哟！
同胞啊！ 你们才是自欺欺人！

哦，鸿荒的远祖——神农，黄帝！
哦，先秦的圣哲——老聃，宣尼！
吟着美人香草的爱国诗人！
饿死西山和悲歌易水的壮士！
哦，二十四史里一切的英灵！
起来呀，起来呀，请都兴起，——

请鉴察我们的悲哀，做我的质证，

请来看看这明日的中华——
庶祖列宗啊！ 我要请问你们：
这纷纷的四万万走肉行尸，
你们还相信是你们的血裔？
你们还相信是你们的子孙？

神灵的祖宗啊！ 事到如今，
我常怨你们筑起这各种城寨，
把城内文化底种子关起了，
不许他们自由飘播到城外，
早些将礼义底花儿开遍四邻，
如今反教野蛮底荆棘侵进城来。

我又不懂这造物之主底用心，
为何那里摊着荒绝的戈壁，
这里架起一道横天的葱岭，
那里又停着浩荡的海洋，
中间藏着一座蓬莱仙境，
四周围又堆伏着魍魉猩猩？

这里使用了夸张的修辞手法，只有太平洋的容积才装得下诗人“澎湃的悲思”，突出表现诗人忧国忧民的悲愁既深且广。

最善哭的太平洋！ 只你那容积，
才容得下我这些澎湃的悲思。
最宏伟，最沉雄的哀哭者哟！
请和着我放声号咷地哭泣！
哭那不可思议的命运，
哭！ 看那亘古不灭的天理——

哭着宇宙之间必老的青春，
哭着有史以来必散的盛筵，
哭着我们中华的庄严灿烂，
也将永远永远地烟消云散。
哭啊！ 最宏伟，最沉雄的太平洋！
我们的哀痛几时方能哭完？

啊！ 在麦垅中悲歌的帝子！
春水流愁，眼泪洗面的降君！
历代最伤心的孤臣节士！
古来！ 最善哭的胜国遗民！
不用悲伤了，不用悲伤了，
你们的丧失究竟轻微得很。

你们的悲哀算得了些什么？
我的悲哀是你们的悲哀之总和。
啊！ 不料中华最末次的灭亡，
黄帝子孙最彻底的堕落，
毕竟要实现于此日今时，
毕竟在我自己的眼前经过。

哦，好肃杀，好尖峭的冰风啊！
走到末路的太阳，你竟这般沮丧！
我们中华底名字镌在你身上；
太阳，你将被这冰风吹得冰化，
中华底名字也将冰得同你一样？

“长城”是中华民族意识和文化精神的象征，在《长城下之哀歌》中，诗人以“长城”为线索，时而回顾历史，时而直视眼前；时而怨恨，时而赞颂；时而发问，时而作答，表现出东方文化独有的一唱三叹的隽永情结。

看啊！　猖獗的冰风！　狼狈的太阳！

哦，你一只大雕，你从哪里来的？
你在这铅铁的天空里盘飞；
这八达岭也要被你占了去，
筑起你的窠巢，蕃殖你的族类？
圣德的凤凰啊！　你如何不来，
竟让这神州成了恶鸟底世界？

雹雪重载的冻云来自天涯，
推揎着，摩擦着，在九霄争路，
好像一群激战的天狼互相鏖杀。
哦，冻云涨了滚落在居庸关下，
苍白的冻云之海弥漫了四野，
哎呀！　神州啊！　你竟陆沉了吗？

长城啊！　让我把你也来撞倒，
你我都是赘疣，有些什么难舍？
哦，悲壮的角声，送葬的角声，——
画角啊！　不要哀伤，也不要诅骂！
我来自虚无，还向虚无归去，
这堕落的假中华不是我的家！

刊于一九二五年七月《大江季刊》第一期

积累与拓展

《长城下的哀歌》始于对长城的赞美，终章于对长城（象征着败亡的中国文化）的咒诅。诗人在认清长城的实质乃是不断退败、安于现状的文明的“赘疣”之后，高呼“长城啊！让我把你也来撞倒”，宁肯与“堕落的假中华”文化一起灭亡。无独有偶，鲁迅也写过一篇著名的杂文《长城》，在文中，鲁迅先生发出了与闻一多英雄所见略同的呼号：“何时才不给长城添新砖呢？这伟大而可诅咒的长城！”把鲁迅先生的《长城》与闻一多的这首诗放在一起读一读，你会对诗人的愤懑理解更多，也更深刻。

大鼓师

我挂上一面豹皮的大鼓，
我敲着它游遍了一个世界。
我唱过了形形色色的歌儿，
我也听饱了喝不完的彩。

一角斜阳倒挂在檐下，
我蹑着芒鞋，踏入了家村。
“咱们自己的那只歌儿呢？”
她赶上前来，一阵的高兴。

我会唱英雄，我会唱豪杰，
那倩女情郎的歌，我也唱，
若要问到咱们自己的歌，
天知道，我真说不出的心慌！

这是一首富于人生哲理的故事诗，带着问题阅读，想一想，什么是“咱们自己的那只歌儿”？

我却吞下了悲哀，叫她一声，
“快拿我的三弦来，快呀快！
这只破鼓也忒嫌闹了，我要
那弦子弹出我的歌儿来。”

我先弹着一群白鸽在霜林里，
珊瑚爪儿踩着黄叶一堆；
然后你听那秋虫在石缝里叫，
忽然又变了冷雨洒着柴扉。

洒不尽的雨，流不完的泪，……
我叫声“娘子”！ 把弦子丢了，
“今天我们拿什么作歌来唱？
歌儿早已化作泪儿流了！

“大鼓”是“闹”的，似乎不适合“家”的氛围；“三弦”是悲戚的，却也奏不出“家”的韵味与家的感觉，只能丢下。

“怎么？ 怎么你也抬不起头来？
啊！ 这怎么办，怎么办！ ……
来！ 你来！ 我兜出来的悲哀，
得让我自己来吻它干。

“只让我这样呆望着你，娘子，
像窗外的寒蕉望着月亮，
让我只在静默中赞美你，
可是总想不出什么歌来唱。

"纵然是刀斧削出的连理枝，
你瞧，这姿势一点也没有扭。
我可怜的人，你莫疑我，
我原也不怪那挥刀的手。

"你不要多心，我也不要问，
山泉到了井底，还往哪里流？
我知道你永远起不了波澜，
我要你永远给我润着歌喉。

"假如最末的希望否认了孤舟，
假如你拒绝了我，我的船坞，
我战着风涛，日暮归来，
谁是我的家，谁是我的归宿？

"但是，娘子啊！ 在你的尊前，
许我大鼓三弦都不要用；
我们委实没有歌好唱，我们
既不是儿女，又不是英雄！"

"家"是什么？"归宿"是什么？是你，是"永远起不了波澜"却"永远给我润着歌喉"的平淡的温暖。为什么不要"破鼓"，为什么丢下"三弦"？因为大鼓所装潢的热闹属于外面的世界，"三弦"造作出的悲伤是刻意的，而"家"和"你"真正的气质是温暖，是平淡，是"在静默中赞美"。至此，大鼓师终于懂得：我们既不是"儿女"（象征"三弦"刻意制造出的哀婉缠绵），又不是英雄（象征"大鼓"装点出的铿锵热闹）。

积累与拓展

《大鼓师》是一首富于哲理且充满生活情趣的故事诗。这首诗在艺术上的一大特点是以人物对话入诗，这样写的好处是，符合作品所摹写的具体内容(情境)，同时富于生活气息；轻快的通俗的夫妻对话，令诗歌风格更显活泼，在深刻的人生哲理之外，不失谐趣。

纪伯伦有一句名言传世，他说："人啊，你不要因为走得太远而忘记为什么出发。"闻一多的故事诗《大鼓师》可以看作是对纪伯伦名言的生动注脚之一。

闻一多先生的书桌

忽然一切的静物都讲话了，
忽然间书桌上怨声腾沸：
墨盒呻吟道“我渴得要死！”
字典喊雨水渍湿了他的背；

信笺忙叫道弯痛了他的腰；
钢笔说烟灰闭塞了他的嘴；
毛笔讲火柴烧秃了他的须；
铅笔抱怨牙刷压了他的腿；

香炉咕喽着“这些野蛮的书
早晚定规要把你挤倒了！”
大钢表叹息快睡锈了骨头；
“风来了！ 风来了！”

这是一首诙谐幽默的诗作，作为学者、诗人、画家，伏案写作是闻一多生活的常态，在他笔下，他书桌上的“一切的静物”都有了生命，作者运用拟人的修辞手法，让书桌上的物件，互相嗔怪，此起彼伏。让人想起马季先生的经典相声作品《五官争功》。

稿纸都叫了；笔洗说他分明是盛水的；
怎么吃得惯臭辣的雪茄灰；
桌子怨一年洗不上两回澡；
墨水壶说“我两天给你洗一回。”

“什么主人？ 谁是我们的主人？”
一切的静物都同声骂道，
“生活若果是这般的狼狈，
倒还不如没有生活的好！”

主人咬着烟斗咪咪的笑，
“一切的众生应该各安其位。
我何曾有意的糟蹋你们，
秩序不在我的能力之内。”

这首诗的幽默并非造作，拟人手法看起来很容易，用得巧妙却很需要匠心。诗人任小物件彼此责怪，却与书案生活的琐碎细节一一契合：墨盒的抱怨来自于给钢笔添加墨水时才发现墨水告罄见底的常见事故；毛笔被火柴烧燎了笔须正合诗人伏案写作需要吸烟（使用火柴）的习惯有关；笔洗被挪用作了烟灰缸，桌子抱怨一年洗不上两回澡，这些细节充满了真实的生活情趣。

积累与拓展

《闻一多先生的书桌》在写作手法上最突出的两个特点：一是使用拟人的手法，二是幽默地表现生活情趣。细细赏析这首诗，我们可以从中学到：

拟人并非任意把此物拟作彼物，拟人的核心是表现出事物独有的个性，这就必须以对生活的细致观察和把握为基础。

幽默，如何幽默？首先要有自我批评的放达心胸，比如诗中桌子洗不上澡的埋怨；其次要能够抓住事物“意料之外”的地方，比如原本被视为清高脱俗之物的笔洗，竟然成了吃尽“臭辣的雪茄灰”的烟灰缸；第三是所有的“意料之外”

还必须也是“情理之中”的，即是符合生活常识和常态的，比如见底的墨盒被粗心大意的主人丢在一旁不管，比如大而化之的文人在写作时常常会信手拿过一切小型容器充作烟灰缸，这些都是“意料之外的情理之中”。

试着动动笔，参考《闻一多先生的书桌》的写法，仿写一段话，来向大家生动而不失幽默地介绍你的书桌吧。

诗人

人们说我有些像一颗星儿，
无论怎样光明，只好作月儿底伴，
总不若灯烛那样有用——
还要照着世界作工，不徒是好看。

人们说春风把我吹燃，是火样的薇花，
再吹一口，便变成了一堆死灰；
剩下的叶儿像铁甲，刺儿像蜂针，
谁敢抱进他的赤裸的胸怀？

又有些人比我作一座遥山：
他们但愿远远望见我的颜色，
却不相信那白云深处里，
还别有一个世界——一个天国。

其余的人或说这样，或许那样，

这首诗似乎是在为“我”（诗人）作画像，然而每一笔写下的其实都是“我不是这样”：比如诗人不是徒作好看的星儿，诗人也不是徒有一团激情而个性乖张的花与火、铁甲与蜂针，诗人甚至不是可望不可即的遥山与天国。诗人是什么呢？作者看起来没有给出答案，然而，答案已经写在了诗人他对于“或说这样”“或许那样”的否定之中。

只是说得对的没有一个。
“谢谢朋友们!”我说,“不要管我了,
你们那样忙,那有心思来管我?

你们在忙中觉得闷时,
风儿吹来,你们无心地喝下了,
也不必问是谁送来的,
自然会觉得他来的正好!”

积累与拓展

《诗人》在写作手法上使用了边破边立的说理方法,闻一多在逐一否定世人对诗人的几种偏见的同时,艺术地传递出他想要表达的:诗人(“我”)是怎样的。试着跟随闻一多的笔触,逐条写一写你读《诗人》后领悟到的闻一多对自己诗人身份的理解吧。

第五辑　这是一沟绝望的死水

死水

这是一沟绝望的死水，
清风吹不起半点漪沦。
不如多扔些破铜烂铁，
爽性泼你的剩菜残羹。

也许铜的要绿成翡翠，
铁罐上锈出几瓣桃花；
再让油腻织一层罗绮，
霉菌给他蒸出些云霞。

让死水酵成一沟绿酒，
漂满了珍珠似的白沫；
小珠们笑声变成大珠，
又被偷酒的花蚊咬破。

那么一沟绝望的死水，

《死水》中“一沟绝望的死水”是半封建半殖民地旧中国的象征。诗人抓住死水之“死”，突出其污臭、腐败，让人更加“绝望”。朱自清点评《死水》道：“这不是‘恶之花’的赞颂，而是索性让‘丑恶’早些恶贯满盈，绝望里才有希望。”

这“死水”下面埋藏着即将喷浆吐焰的火山，随时都会爆发出来。闻一多在一封给友人的信中说道：“我只觉得自己是座没有爆发的火山，火烧得我痛，却始终没有能力（就是技巧）炸开那禁锢我的地壳，放射出光和热来。只有少数跟我很久的朋友（如梦家）才知道我有火，并且就在《死水》里感觉出我的火来。”

也就夸得上几分鲜明。
如果青蛙耐不住寂寞，
又算死水叫出了歌声。

这是一沟绝望的死水，
这里断不是美的所在，
不如让给丑恶来开垦，
看他造出个什么世界。

积累与拓展

《死水》被闻一多认为是自己践行新诗格律理论“在音节上最满意的试验”，全诗共五节二十行，每行九个字，均由一个“三音尺”和三个“二音尺”组成。全诗保持着整齐的音韵节奏，韵律感特强，读来朗朗上口，有着极强的音乐美感。

西岸

He has a lusty spring, when fancy clear
Takes in all beauty within an easy span.

——Keats[①]

这里是一道河，一道大河，
宽无边，深无底；
四季里风姨巡遍世界；
便回到河上来休息；
满天糊着无涯的苦雾，
压着满河无期的死睡。
河岸下酣睡着，河岸上
反起了不断的波澜，
啊！卷走了多少的痛苦！
淘尽了多少的欣欢！

① 济慈(John Keats，1795—1821)英国著名诗人，名作有《夜莺》等。闻先生引的这两句诗，译文(绿原译)如下：他有一个快活的春季，当明澈的鉴赏力在安适的瞬息将一切美尽收眼底。——编者注

多少心被羞愧才鞭驯，
一转眼被虚荣又煽癫！
鞭下去，煽起来，
又莫非是金钱底买卖。
黑夜哄着聋瞎的人马，
前潮刷走，后潮又挟回。
没有真，没有美，没有善，
更哪里去找光明来！

东岸“没有真，没有美，没有善”，到处是“纷纠的樊笼”，喻意封建旧秩序下的老中国（东岸）。

但不怕那大泽里
风波怎样凶，水兽怎样猛，
总难惊破那浅水芦花里
那些山草的幽梦，——
一样的，有个人也逃脱了
河岸上那纷纠的樊笼。
他见了这宽深的大河，
便私心唤醒了些疑义：
分明是一道河，有东岸，
岂有没个西岸底道理？
啊！ 这东岸底黑暗恰是那
西岸底光明底影子。
但是满河无期的死睡，
撑着满天无涯的雾幕；
西岸也许有，但是谁看见？
哎……这话也不错。
“恶雾遮不住我，”心讲道，

“见不着，那是目底过！”
有时他忽见浓雾变得
绯样薄，在风翅上荡漾；
雾缝里又筛出些
丝丝的金光洒在河身上。
看！　那里！　可不是个大鼋背？
毛发又长得那样长。

不是的！　倒是一座小岛，
戴着一头的花草：
看！　灿烂的鱼龙都出来
晒甲胄，理须桡；
鸳鸯洗刷完了，喙子
插在翅膀里，睡着觉了。
鸳鸯睡了，百鳞退了——
满河一片凄凉；
太阳也没兴，卷起了金练，
让雾帘重往下放：
恶雾瞪着死水，一切的
于是又同从前一样。

“啊！　我懂了，我何曾见着
那美人底容仪？
但猜着蠕动的绣裳下，
定有副美人底肢体。

西岸是一座小岛，“戴着一头的花草：/看！灿烂的鱼龙都出来/晒甲胄，理须桡；/鸳鸯洗刷完了，喙子/插在翅膀里，睡着觉了”。西岸并非指西方，而是指作者心目中的理想国，代表了作者唯美主义的人生理想。

同一理：见着的是小岛，
猜着的是岸西。”

“一道河中一座岛，河西
一盏灯光被岛遮断了。”
这语声到处，是有些人
鹦歌样，听熟了，也会叫；
但是那多数的人
不笑他发狂，便骂他造谣。

也有人相信他，但还讲道：
“西岸地岂是为东岸人？
若不然，为什么要划开
一道河，这样宽又这样深？”
有人讲：“河太宽，雾正密。
找条陆道过去多么稳！”
还有人明晓得道儿
只这一条，单恨生来错——
难学那些鸟儿飞着渡，
难学那些鱼儿划着过，
却总都怕说得：“搭个桥，
穿过岛，走着过！”为什么？

当有人带来西岸美好的消息，“但那多数的人/不笑他发狂，便骂他造谣”，寓意中国社会经由五四新文化运动向现代文明转型的过程时遭遇的种种质疑与阻力不断，“西岸他岂是为东岸人？”代表着固步自封的民粹主义论调；“河太宽，雾正密。/找条陆道过去多么稳！”代表着文化保守主义的立场。

积累与拓展

《西岸》虚构了一个光怪陆离的故事：一条“宽无边，深无底”的大河把世界分隔为东西两岸。东岸弥漫着贪婪与痛苦，西岸则充满着阳光与自由。然而，有的人寄希望于西岸，有的人对西岸却嗤之以鼻。何去何从？需要人们去自由抉择。

读一读美国著名作家亨德里克·房龙的《〈宽容〉序言》，这篇文章也写了一个关于开拓者的寓言故事，房龙在故事的结尾写道：“人们把一块小石头放在先驱者足迹的尽头(现在那已是一条大道)，石头上刻着先驱者的名字，一个首先向未知世界的黑暗和恐怖挑战的人的名字，他把人们引向了新的自由。”

孤雁

孤雁脱离雁阵，飞向“水国的绝塞”，象征着作者选择了一条与他的许多同龄人不同的和光同尘的功利主义人生道路，这选择一方面是睁开眼看世界的中国人不得不如此的主动选择；当然，同时也是痛苦的选择，这意味着诗人要独自承受孤独与不理解，所以诗人言说孤雁是“不幸的”，是“流落”，是“愁肠”满怀的，是“无边的酸楚”。

不幸的失群的孤客！
谁教你抛弃了旧侣，
拆散了阵字，
流落到这水国的绝塞，
拼着寸磔的愁肠，
泣诉那无边的酸楚？

啊！ 从那浮云的密幕里，
迸出这样的哀音，
这样的痛苦！ 这样的热情！

孤寂的流落者！
不须叫喊得哟！
你那沉细的音波，
在这大海的惊雷里，

还不值得那涛头上
溅破的一粒浮沤呢！

可怜的孤魂啊！
更不须向天回首了。
天是一个无涯的秘密，
一幅蓝色的谜语，
太难了，不是你能猜破的。
也不须向海低头了。
这辱骂高天的恶汉，
他的咸卤的唾沫
不要渍湿了你的翅膀，
粘滞了你的行程！

流落的孤禽啊！
到底飞往哪里去呢？
那太平洋的彼岸，
可知道究竟有些什么？

啊！ 那里是苍鹰的领土——
那鸷悍的霸王啊！
他的锐利的指爪，
已撕破了自然的面目，
建筑起财力的窝巢。
那里只有钢筋铁骨的机械，

“太平洋的彼岸”并非乐土。闻一多形容高度工业化的资本主义的美国为“苍鹰的领土”“那鸷悍的霸王”，在那里，他们“已撕破了自然的面目，/建筑起财力的窝巢。/那里只有钢筋铁骨的机械，”“涂污我太空，闭熄了日月”，“喝醉了弱者的鲜血，/吐出那罪恶的黑烟”的一切令来自有着温柔敦厚传统的中国的诗人感到触目惊心。

喝醉了弱者的鲜血，
吐出那罪恶的黑烟，
涂污我太空，闭熄了日月，
教你飞来不知方向，
息去又没地藏身啊！

流落的失群者啊！
到底要往哪里去？
随阳的鸟啊！
光明的追逐者啊！
不信那腥臊的屠场，
黑暗的烟灶，
竟能吸引你的踪迹！

归来罢，失路的游魂！
归来参加你的伴侣，
补足他们的阵列！
他们正引着颈望你呢。

在闻一多看来太平洋的彼岸只是一座“腥臊的屠场”，故国“归来罢”声声呼唤着他，故乡平沙落雁的恬静与和美景象吸引着他。

归来偃卧在霜染的芦林里，
那里有校猎的西风，
将茸毛似的芦花，
铺就了你的床褥
来温暖起你的甜梦。

归来浮游在温柔的港溆里，
那里方是你的浴盆。
归来徘徊在浪舐的平沙上，
趁着溶银的月色
婆娑着戏弄你的幽影。

归来罢，流落的孤禽！
与其尽在这水国的绝塞，
拼着寸磔的愁肠，
泣诉那无边的酸梦，
不如棹翅回身归去罢！

啊！ 但是这不由分说的狂飙
挟着我不息地前进；
我脚上又带着了一封信，
我怎能抛却我的使命，
由着我的心性
回身擢翅归去来呢？

在异乡的陌生感与失群的孤独感夹击之下，诗人是那么渴望回到故土“温柔的港溆”。然而，“不由分说的狂飙”所象征的人类文明进步的车轮，不以一国一族的意志为转移；同时，知识分子的良知也让闻一多意识到自己肩负启蒙的文化使命，因此唯有“不息地向前”。诗人借失群的孤雁抒发了自己处逆境而奋发向上的豪情。

积累与拓展

与闻一多的《孤雁》同一题材，王国维也写过一首关于“孤雁”命运的词《浣溪沙》：“天末同云黯四垂，失行孤雁逆风飞，江湖寥落尔安归？陌上金丸看落羽，闺中素手试调醯，今朝欢宴胜平时。”词的上阕从孤雁的角度写去，天色渐暗，孤雁逆风飞翔，然而，江湖之远已无处安歇。词的下阕从地上猎户角度去写：射手一击即中，妻子则在家中忙着烹饪，有了今日的收获（孤雁），晚餐一定更美味了吧。

闻一多的诗借“孤雁”表现在孤独中奋进的个人意志，以及对国家民族前途命运的关切；而王国维的词则用一个看似严酷的故事，表现了作者深沉的洞察众生的悲悯。对于孤雁来说，自然界生死存亡的生存竞争是严酷的，对于猎户一家而言又何尝不如是？正是孤雁的悲剧成全了猎户一家的喜剧。作品写到这里，便跳脱出了个人的视角与社群的视角，以一种慈悲为怀的眼光观照一切人或悲或喜的可怜悯的命运，展现出可贵的哲人之思。

荒村

……临淮关梁园镇间一百八十里之距离，已完全断绝人烟。汽车道两旁之村庄，所有居民，逃避一空。农民之家具木器，均以绳相连，沈于附近水塘稻田中，以避火焚。门窗俱无，中以棺材或石堵塞。一至夜间，则灯火全无。鸡犬豚等觅食野间，亦无人看守。而间有玫瑰芍药犹墙隅自开。新出稻秧，翠荡宜人。草木无知，其斯之谓欤？

——一九二七年五月十九日《新闻报》

他们都上那里去了？ 怎么
虾蟆蹲在甑上，水瓢里开白莲；
桌椅板凳在田里堰里飘着；
蜘蛛的绳桥从东屋往西屋牵？
门框里嵌棺材，窗棂里镶石块！
这景象是多么古怪多么惨！
镰刀让它锈着快锈成了泥，

《荒村》不同于我们此前读到的闻一多的许多诗篇。闻一多的诗以“音乐美、绘画美、建筑美”的诗歌三美主张见长，多用譬喻、象征等手法，联想与想象丰富奇绝。然而，《荒村》中用一连串的白描式绘画，表现战乱带给乡村十室九空的灾难。

抛着整个的鱼网在灰堆里烂。
天呀！ 这样的村庄都留不住他们！
玫瑰开不完，荷叶长成了伞；
秧针这样尖，湖水这样绿，
天这样青，鸟声像露珠样圆。
这秧是怎样绿的，花儿谁叫红的？
这泥里和着谁的血，谁的汗？
去得这样的坚决，这样的脱洒，
可有什么苦衷，许了什么心愿？
如今可有人告诉他们：这里
猪在大路上游，鸭往猪群里钻，
雄鸡踏翻了芍药，牛吃了菜——
告诉他们太阳落了，牛羊不下山，
一个个的黑影在岗上等着，
四合的峦障龙蛇虎豹一般，
它们望一望，打了一个寒噤，
大家低下头来，再也不敢看；
（这也得告诉他们）它们想起往常
暮寒深了，白杨在风里颤，
那时只要站在山头嚷一句，
山路太险了，还有主人来搀；
然后笛声送它们踏进栏门里，
那稻草多么香，屋子多么暖！
它们想到这里，滚下了一滴热泪，
大家挤作一堆，脸偎着脸……
去！ 去告诉它们主人，告诉他们，

这里使用了对比的手法："玫瑰开不完，荷叶长成了伞；/秧针这样尖，湖水这样绿，/天这样青，鸟声像露珠样圆。"乡村曾经的恬美与眼前（前诗）所呈现的荒凉形成鲜明对比，静美与惨淡，两幅图景，带给读者强烈的震撼。

什么都告诉他们，什么也不要瞒！
叫他们回来！　叫他们回来！
问他们怎么自己的牲口都不管？
他们不知道牲口是和小儿一样吗？
可怜的畜生它们多么没有胆！
喂！　你报信的人也上哪里去了？
快去告诉他们——告诉王家老三，
告诉周大和他们兄弟八个，
告诉临淮关一带的庄稼汉，
还告诉那红脸的铁匠老李，
告诉独眼龙，告诉徐半仙，
告诉黄大娘和满村庄的妇女——
告诉他们这许多的事，一件一件。
叫他们回来，叫他们回来！
这景象是多么古怪多么惨！
天呀！　这样的村庄留不住他们；
这样一个桃源，瞧不见人烟！

《荒村》中，作者将“镰刀锈成泥，鱼网灰堆烂”的荒凉与“玫瑰开不完，荷叶长成了伞”的繁茂形成对比，绘出了军阀混战带给人民流离失所的痛苦画面，也表现了作者对广大劳动人民深重苦难的同情。

积累与拓展

“白描”作为一种文学的表现方法，指的是用最简练朴素的笔墨，不加烘托，描画出鲜明生动的形象。在《荒村》中诗人使用了白描的手法，表现兵燹洗劫后村落破败的古怪景象，比如这些句子：“虾蟆蹲在甑上，/水瓢里开白莲；/桌椅板凳在田里堰里飘着；/蜘蛛的绳桥从东屋往西屋牵？门框里嵌棺材，窗棂上镶石块！”镰刀“快锈成了泥”，“鱼网在灰堆里烂”。

白描是不是简单地描写眼见耳闻的景物呢？不是。白描不等同于记流水账。白描与流水账的最重要的区别在于——选择典型。白描要求作者选择、抓取最能表现事物、景物特征，反映人物或事件本质属性的典型现象，加以记述。

以闻一多《荒村》中的白描手法为例，我们可以想象，破败的村庄可写的细节一定很多很多，为什么闻一多要写上述那些物事而没有写其他的呢？因为典型。因为这些物事具有不可替代的典型性，它们最能表现“荒村”二字。为什么这样讲？甑、水瓢、桌椅板凳、门框、窗棂、镰刀、鱼网——这些都是农户生活与工作经常使用的物什，这里作者紧扣的是“村”；然而，这些村子里常见常用的东西，都变得很“古怪”了：虾蟆蹲在本应盛放饭菜的甑上，常常使用的水瓢里居然出了花，本应在屋里的桌椅板凳倒在田里，窗棂上镶着石块，天天要使用的镰刀锈成了泥，鱼网烂成了一堆灰。这些反常的现象都告诉读者一件事，这个本应充满生机与活力的村落农家，“荒”了太久太久。这样一番分析下来，我们就能理解闻一多在诗中写这些而不写其他的原因。

试着拿起你手中的笔，用白描的手法写一段话，记述一个你熟悉的人物，如果你念给大家听，而不告诉大家他/她是谁，可是听完你写的文字，大家能够马上猜出他/她来，你便成功了。

唁词——纪念三月十八日的惨剧[①]

没有什么！　父母们都不要号啕！
兄弟们，姊妹们也都用不着悲恸！
这青春的赤血再宝贵也没有了，
盛着他固然是好，泼掉了更有用。

要血是要他红，要血是要他热；
那脏完了，冷透了的东西谁要他？
不要愤嫉，父母，兄弟和姊妹们！
等着看这红热的开成绚烂的花。
感谢你们，这么样丰厚的仪程！
这多年的宠爱，矜怜，辛苦和希望。

---

① 三月十八的惨剧："三·一八"，是指一九二六年三月十八日，北京青年学生和各界人士数千人在天安门前集会，群情激愤地抗议帝国主义横行霸道，侵犯我国主权，以后又到段祺瑞执政府前请愿的这一群众运动。鲁迅在《记念刘和珍君》写道："我十八日早晨，才知道上午有群众向执政府请愿的事；下午便得到噩耗，说卫队居然开枪，死伤至数百人"，被害的青年四十余。"真的猛士，敢于直面惨淡的人生，敢于正视淋漓的鲜血"，就是写血的现实面前有着和出现着真的猛士的现实。《唁词》就可以看到有唯美倾向的诗人在血的现实面前的转变。闻先生在《唁词》之后两天，又发表了《天安门》，后又收进《死水》，从诗看，前者胜于后来，却不知先生当时为什么漏选此诗。这首诗是诗集编完后找到补上的。——编者

如今请将这一切的交给我们，
我们要永远悬他在日月的边旁。
这最末的哀痛请也不要吝惜。
（这一阵哀痛可磔碎了你们的心！）
但是这哀痛的波动却没有完，
他要在四万万颗心上永远翻腾。

哀恸要永远咬住四万万颗心，
那么这哀痛便是忏悔，便是惕警。
还要把馨香缭绕，俎豆来供奉！
哀痛是我们的启示，我们的光明。

欺负着了

你怕我哭？ 我才不难受了；
这一辈子我真哭得够了！
哪儿有的事？ ——三年哭两个，
谁家的眼泪有这么样多？

我一个寡妇，又穷又老了，
今日可给你们欺负着了！

你，你为什么又往家里跑？
再去，送去给他们杀一刀！
看他们的威风有多么大？
算我白养了你们哥儿仨！

我爽兴连这个也不要了，
就算我给你们欺负着了！

为着我教你们上了学校，
没有教你们去杀人绑票——
不过为了这点错，这点错，
三个儿子整杀了我两个！

这仇有一天我总得报了，
我不能给你们欺负着了！

好容易养活你们这般大，
凭什么我养的孩子他们杀？
我倒要问问他们这个理，
问问他们杀了可赔得起？

杀了我儿子，你们就好了？
我可是给你们欺负着了！

老大为他们死给外国人，
老二帮他们和洋人拼命——
帮他们又被他们活杀死，
这到底到底是怎么回事？

三儿还帮不帮你们闹了？
我总算给你们欺负着了！

你也送去给他们杀一刀，
杀完了就再没有杀的了！
世界上有儿子的多得很，
我要看他们杀不杀得尽！

我真是给你们欺负恼了！
我可不给你们欺负着了！

积累与拓展

对于文艺与爱国之间的关系，闻一多说："我希望爱自由，爱正义，爱理想的热血要流在天安门，流在铁狮子胡同，但是也要流在笔尖，流在纸上。"（铁狮子胡同，即"三·一八惨案"的发生地，编者注）关于"三·一八惨案"的纪念文章，闻一多的诗可以与鲁迅的《纪念刘和珍君》、周作人的《关于三月十八日的死者》一起来读，感受新诗的浓烈与杂文的犀利。

第六辑 兽·人·鬼

“五四”断想

旧的悠悠死去，新的悠悠生出，不慌不忙，一个跟一个，——这是演化。

新的已经来到，旧的还不肯去，新的急了，把旧的挤掉，——这是革命。

开头两句直陈全文论述的核心现象：“旧的悠悠死去，新的悠悠生出”，是演化；“新的已经来到，旧的还不肯去”，需革命。

挤是发展受到阻碍时必然的现象，而新的必然是发展的，能发展的必然是新的，所以青年永远是革命的，革命永远是青年的。

新的日日壮健着（量的增长），旧的日日衰老着（量的减耗），壮健的挤着衰老的，没有挤不掉的。所以革命永远是成功的。

革命成功了，新的变成旧的，又一批新的上来了。旧的停下来拦住去路，说：“我是赶过路程来的，我的血汗不能白流，我该歇下来舒服舒服。”新的说：“你的舒服就是我的痛苦，你耽误了我的路程，”又把他挤掉，……如此，武戏接二连三的演下去，于是革命似乎

指出“新”与“旧”在不同的发展时期发生转化的必然性。

永远“尚未成功”。

让曾经新过的旧，不要只珍惜自己的过去，多多体念别人的将来，自己腰酸腿痛，拖不动了，就赶紧让。“功成身退”，不正是光荣吗？“后生可畏，焉知来者之不如今也！”这也是古训啊！

逻辑推演出“革命”（“挤”）发生的原因：“旧”迟迟不肯功成身退。

其实青年并非永远是革命的，“青年永远是革命的”这定理，只在“老年永远是不肯让路的”这前提下才能成立。

革命也不能永远“尚未成功”。几时旧的知趣了，到时就功成身退，不致阻碍了新的发展，革命便成功了。

旧的悠悠退去，新的悠悠上来，一个跟一个，不慌不忙，那天历史走上了演化的常轨，就不再需要变态的革命了。

但目前，我们还要用“挤”来争取“悠悠”，用革命来争取演化。“悠悠”是目的，“挤”是达到目的的手段。

揭示“挤”的必然性：悠悠的演化（变）是目的，挤来挤去的革命（乱）是达到目的的手段。

于是又想到变与乱的问题。变是悠悠的演化，乱是挤来挤去的革命。若要不乱挤，就只得悠悠的变。若是该变而不变，那只有挤得你变了。

子在川上，曰：“逝者如斯夫，不舍昼夜！”古训也发挥了变的原理。

积累与拓展

读闻一多的作品，尤其是散文，自始至终感到一种严密的逻辑力量，处处有着深厚的穿透力在。如《“五四”断想》一文，作者运用通俗的语言，诠释了“变是生存和发展的必然”这一历史的法则。为证明这一论点，作者将过去与现在、眼前与未来作对比，层层分析，由表及里，最后得出“新的必然是发展的，能发展的必然是新的”这一结论。

兽·人·鬼

剑子手们这次杰作，我们不忍再描述了，其残酷的程度，我们无以名之，只好名之曰兽行，或超兽行。但既已认清了是兽行，似乎也就不必再用人类的道理和它费口舌了。甚至用人类的义愤和它生气，也是多余的。反正我们要记得，人兽是不两立的，而我们也深信，最后胜利必属于人！

“杰作”用了“反语”的修辞手法，实指国民党反动派镇压学生的兽行，反语有加强语言表现力的效果，用跟本意相反的词语来表达语意，含有强烈的否定、嘲讽的意思，这里“杰作”使得作者的悲愤之情表达得更为强烈。

胜利的道路自然是曲折的，不过有时也实在曲折得可笑。下面的寓言正代表着目前一部分人所走的道路。

村子附近发现了虎，孩子们凭着一股锐气，和虎搏斗了一场，结果遭牺牲了，于是成人们之间便发生了这样一串纷歧的议论：

——立即发动全村的人手去打虎。

——在打虎的方法没有布置周密时，劝孩子们暂勿离村，以免受害。

——已经劝阻过了，他们不听，死了活该。

——咱们自己赶紧别提打虎了，免得鼓励了孩子们去冒险。

——虎在深山中，你不惹它，它怎么会惹你？

——是呀！ 虎本无罪，祸是喊打虎的人闯的。

——虎是越打越凶的，谁愿意打谁打好了，反正我是不去的。

议论发展下去是没完的，而且有的离奇到不可想象。 当然这里只限于人——善良的人的议论。 至于那“为虎作伥”的鬼的想法，就不必去揣测了。 但愿世上真没有鬼，然而我真担心，人既是这样的善良，万一有鬼，是多么容易受愚弄啊！

“兽”指残酷的刽子手，“人”指被屠戮戕害的人民，“鬼”指那些“为虎作伥”的人，也就是在惨剧发生后，跳出来发表“一串纷歧的议论”的国民党反动派的帮凶。

积累与拓展

抗战刚刚胜利，渴望和平民主的人们对国共之间的谈判还抱有希望。但是，战后国民党政府种种丧失民心的政策，特别是蒋介石派十万军队进攻解放区、挑起内战的事实，激起了人民普遍的不满。于是，国统区人民掀起了反内战运动，反内战呼声迅速波及了各大城市。在昆明，西南联合大学、云南大学等校师生六千余人于 1945 年 11 月 25 日在西南联大校园内举行反内战时事晚会。国民党云南当局竟采取野蛮手段，派特务混进校内捣乱，派军警包围学校，并鸣放枪炮进行威胁。12 月 1 日上午，国民党云南当局指派大批军警、特务分头闯入西南联大、云南大学等校，大打出手，并向校内投掷手榴弹。罢课师生被炸死和打死者四人。被殴打成重伤者二十五人。这就是震惊全国的“一二・一”惨案。惨案发生后，昆明各界人士继续以悼念死者、送挽联、安葬四烈士等方式表达了他们对反动派的抗议和争取和平民主的意愿。时任西南联大教授的闻一多先生十分悲愤，坚决主张罢教声援学生运动，作《人・兽・鬼》一文。收入《闻一多全集》时改作《兽・人・鬼》。

可怕的冷静

抗战爆发后期，闻一多从远离政治，沉浸于诗艺与学术探索，开始变得专心从事政治活动，其间发表一系列的杂文与讲演作品，情感奔放、言辞犀利、直抒胸臆，充满了强烈的爱国热忱。

一个从灾荒里长成的民族，挨着一切的苦难，总像挨着天灾一样，以麻木的坚忍承受打击，没有招架，没有愤怒，甚至没有呻吟，像冬眠的蛰虫一般，只在半死状态中静候着第二个春天的来临，——这样便是今天的中国，快挨过了第七个年头的国难，它会准备再挨下去，直到那一天，大概一觉醒来，自然会发现胜利就在眼前。客观上，战争与饥饿本也久已打成一片了，因此，愈是实在的战斗员，愈有挨饿的责任，不像人家最前线的人们吃得最好最饱，我们这里真正的饿殍恰恰就是真正的兵士。抗战与灾荒既已打成一片，抗战期中的现象，便更酷肖荒年的现象了。照例是灾情愈重，发财的愈多，结果贫穷的更加贫穷，富贵的更加富贵。照例是灾情严重了，呼吁的声音海外比国内更响，于是救济的主要责任落在外人身上，而国内人士，相形之下，便愈能显出他们那“不动心”的沉着而雍容的风度了。现在一切荒年的社会现象在抗战中又重演一次，不过规模更大，严重性更深刻些罢了。但是说来奇怪，分明是痼疾愈深，危机愈大，社会表层偏要装出一副太平景象的面孔。配合着冠冕堂皇的要人谈话和报纸社评的，是一般社会情绪——今天一个画展，明天一个堂会，“顾左右而言他”的副刊和小报一天天充斥起来，内容一天比一天软性化。从抗战开始以来，没有见过今天这样“众人熙熙，如享太牢，如登春台”的景象，这不知道是肺结核患者脸上的红晕呢，还是将死前的回光反照！

一部分人为着旁人的剥削，在饥饿中畜生似的沉默着，另一部分人却在舒适中兴高采烈的粉饰着太平，这现象是叫人不能不寒心的，如果他还有一点同情心与正义感的话。然而不知道是为了谁的体面，你还不能声张。最可虑的是不通世故而血气方刚的青年，面对这种事实，又将作何感想？对了，怕动摇抗战，但饥饿能抗战吗？粉饰饥饿就是抗战吗？如果抗战是天经地义，不要忘记当年的青年，便是撑持这天经地义最有力的支柱，可见青年盲目而又不盲目，在平时他不免盲目，但在非常时期他永远是不盲目的。原来非常时期所需要的往往不是审慎，而是勇气，而在这上面，青年是比任何人都强的。正如当年激起抗战怒潮的是青年，今天将要完成抗战大业的力量，也正是这蕴藏在青年心灵中的烦躁。这不是浮动，而是活力的脉搏。民族必需生存，抗战必需胜利，在这最高原则之下，任何平时的轨范都是暂时可以搁置的枝节。火烧上了眉毛，就得抢救。这是一个非常时期！

闻一多的后期政论性杂文就像一团烧毁旧世界的烈火，烧毁一切粉饰太平、粉饰饥饿的假象，字里行间可见作者刚烈不屈的风骨与坦率真诚的性格。比如“在饥饿中畜生似的沉默”一句，“畜生似的”一语撕破了一部分人所谓“冷静”的骗局。

如果老年人中年人能负起责任，那自然更好，但事实上，战争先天的是青年人的工作（它需要青年的体质和青年的热情），所以如果老年人中年人肯负起责任，也只是参加青年的工作，或与青年分工合作，而不是代替青年的工作。战争既先天的是青年的工作，那么战时的国家就得以青年的意志为意志，虽则在战争的技术上，老年人中年人的智慧也是不可少的。

从抗战开始到今天，我们遭遇过两个关键，当初要不要抗战，是第一个关键，今天要不要胜利，是第二个关键，而第一个关键本来早已决定了第二个，因为既打算抗战，当然要胜利。但事实上目前的一切分明是朝着与胜利相反的方向发展，所以可怪的，是一部分人虽然看出方向的错误，却还要力持冷静，或从一些烦琐的立场，认为不便声张，不必声张。眼看青年完成抗战，争取胜利的意志必须贯彻，然而没有老年人中年人的智慧予以调节与指导，青年的力量不免浪费。万一还有人固执起来，利用他们的地位与力量，阻止了青年意志的贯彻，那结果便更不堪设想了。时机太危急了，这不是冷静的时候，希望老年人中年人的步调能与青年齐一，早点促成胜利的来临！大众的坚忍的沉默是可原谅的，因为他们是灾荒中生长的，而灾荒养成了他们的麻木，有着粉饰太平的职责的人们是可原谅的，因为他们也有理由麻木。可是负有领导青年责任的人们，如果过度的冷静，也是可怕的，当这不宜冷静的时候！

《闻一多全集·事略》记载："先生参加政治，完全是本乎他学者的良心，他本来是厌恶政治的。他参加政治活动，也仅仅止于发表演讲或文章，由于先生对民主的热忱和大无畏的精神，他的演讲是异常得到青年人拥戴，每次演讲，听众总是五六千至一万人，演讲时总是掌声不绝。"

积累与拓展

读完这篇杂文，谈一谈你对“可怕的冷静”的理解，即：闻一多所说的“冷静”究竟指的是什么？为什么是可怕的？

闻一多研究学者王富仁曾经说过：“我认为从精神特质上，闻一多是诗创作中的鲁迅，鲁迅则是散文（包括小说、杂文等）创作中的闻一多。他们两人至少在情绪格调上是相近的：愤激、苦闷、压抑，作品显示着坚实的力度。”读完《可怕的冷静》，找到鲁迅的杂文《无声的中国》来读一读，感受在同样面对“我懂得衰亡民族之所以默无声息的缘由了。沉默呵，沉默呵！不在沉默中爆发，就在沉默中灭亡”的“可怕的沉静”时，闻一多与鲁迅的于无声处响惊雷的笔触。

____

____

____

愈战愈强

回忆抗战初期，大家似乎不大讲到“胜利”，那时的心理与其说是胜败置之度外，还不如说是一心想着虽败犹荣。敌人是以“必定胜”的把握向我们侵略，我们是以“不怕败”的决心给他们抵抗。你无非是要我败，我偏偏不怕败，我不怕败，你便没有胜。那时人民的口号是“豁出去了！”“跟你拼了！”政府的策略是“破釜沉舟”，是“置之死地而后生”，人民和政府都不怕败，自然大家也不讳败，结果是我们愈败愈奋勇，而敌人真把我们没办法。

摆事实一：[远]武汉撤退——怕败的顾虑

武汉撤退以后，渐渐听到“争取胜利”的呼声，然而也就透露了怕败的顾虑了。

摆事实二：[远]开罗会议——讳言失败

开罗会议以后，胜利俨然到了手似的，而一般现象，则正好表示着一些人的工作，是在“争取失败”。事实昭彰，凡是有眼睛的都看到了，有良心的都指出了，这里无需我再说，我也不忍再说，于是愈是趋向失败，愈是讳言失败，自己讳言失败，同时也禁止旁人言失败。是否表面上“失败”绝迹了，暗地里便愈好制造失败呢？抗战到了这地步，大概也是一种“置之死地而后生”的办法罢？好了，那我以老百姓的资格，也就“豁出去了！”“跟你拼了！”

所以我今天想要算帐！

算帐是一件麻烦事，但不要紧，大的做大的算，小的做小的算，反正从今以后，我不打算有清闲日子了！

比如眼前在我们昆明，就有一笔不大不小的帐值得算一算。

昨天早起出门找报看，第一家报纸给了我一个喜讯，它老老实实地告诉我，衡阳的仗咱们打好了一点，我当然很高兴。但是看到第二家报纸，却把我气昏了，就因为那标题中“我军愈战愈强”六个大字。

编辑先生！我是有名有姓的，我虽不知道你姓名，但你也必然有名有姓，你若是好汉，就请出来跟我算清这笔帐！你所谓“愈战愈强”者，如果就是今天另一家报纸标题所谓“愈战愈奋”的意思，那我就原谅你，我可怜你中国人不大会处理中国文字。如果你那“强”字是甚么“四强之一”那类“强”的意思，那我就要控告你两大罪状：一、你侮辱了我们老百姓的人格。二、你出卖了你的祖国。

牢牢抓住对方露出的马脚：[近]报纸宣传“我军愈战愈强”之“强”，正反剖析，戳穿国民党政府用舆论来麻痹人民的真相。

难道你就忘记了，卢沟桥的烽火一起，我们挺身应战，是为了我们有十二万分胜算的把握吗？老实告诉你，除了存心利用抗战来趁火打劫的败类之外，我们老百姓果真是怕败的话，就早已都投汪精卫去了。我相信在自由中国，每一个良善的中国人，当初既是抱了拼

用卢沟桥烽火等由远及近的抗战历史事件，对敌论形成合围之势，指出胜败应由事实说话，不可信口开河、存心欺骗，要正确对待胜利与失败。

命的决心，胜也要打，败也要打，今天还是抱定这决心，胜也要打，败也要打，何况国际的客观环境已经好转，谁又是那样的傻子，情愿让它“功亏一篑”呢？所以你如果多多给我们报导些自身的缺点，那只会增加我们的戒惧心，刺激我们的努力。你以为我们真是那样“闻败则馁”的草包吗？你若那样想，便把我们看同汪精卫之流了，你晓得那是侮辱别人的人格吗？

[眼前]在文章结尾问道：“你是受了谁的指示？”他“该是有名有姓的吗？”连珠炮般的诘责，句句力重千钧，令对方战栗难堪，字里行间充溢着愤怒和力量。

闻败则馁的必也闻胜则骄，你既把我们当作闻败则馁的人，那你泄露了（杜撰罢？）许多乐观的消息，难道又不怕我们骄起来吗？明知骄是抗战的鸩毒，而偏要用“愈战愈强”来灌溉我们的骄，那你又是何居心？依据你自己的逻辑，你这就是汉奸行为，因此你是出卖了你的祖国，你又晓得吗？

我们倒不怕承认自身的“弱”，愈知道自身弱在那里，愈好在各人自己的岗位上来尽力加强它。你说我们“愈强”，我倒要请你拿出事实来，好教我们更放心点。谁不愿意自己强呢！但信口开河是不负责任，存心欺骗更是无耻。六个字的标题，看来事小，它的意义却很重大。

用这字面的，本不只你一人，但是，先生，恕我这回抓住你了！你气得我一顿饭没吃好啊！然而如果在原则上你是受了谁的指示，那个指示你的人不也该是有名有姓的吗？如果他高兴，就请他出来说明也好。抗战是大家的抗战，国家是大家的国家，谁有权利来禁止我发问！

积累与拓展

《愈战愈强》是一篇从一句话展开，论证由远及近的议论文。

在表现手法上，文章短短千余字，设问句（质问）、反问句、感叹句有近二十处，设问句自问自答，意在强调态度，强化语气；反问句问中有答，意在强化情感态度；感叹句对于强化爱憎分明的情感态度，效果自不待言。这些表现手法不仅给议论文的论理气势与力度增色不少，也展现出学者闻一多嫉恶如仇、英勇不屈的“斗士”一面。

最后一次讲演

——在云大至公堂李公朴夫人报告李先生死难经过大会上的讲演

这几天，大家晓得，在昆明出现了历史上最卑劣，最无耻的事情！李先生究竟犯了什么罪，竟遭此毒手？他只不过用笔写写文章，用嘴说说话，而他所写的，所说的，都无非是一个没有失掉良心的中国人的话！大家都有一枝笔，有一张嘴，有什么理由拿出来讲啊！有事实拿出来说啊！（闻先生声音激动了）为什么要打要杀，而且又不敢光明正大的来打来杀，而偷偷摸摸的来暗杀！（鼓掌）这成什么话？（鼓掌）

“站出来”“无耻啊”运用反复的修辞方法，加强讽刺语气，强调敌人的可耻。

今天，这里有没有特务？你站出来！是好汉的站出来！你出来讲！凭什么要杀死李先生？（厉声，热烈的鼓掌）杀死了人，又不敢承认，还要诬蔑人，说什么“桃色事件”，说什么共产党杀共产党，无耻啊！无耻啊！（热烈的鼓掌）这是某集团的无耻，恰是李先生的光荣！李先生在昆明被暗杀，是李先生留给昆明的

光荣！也是昆明人的光荣！（鼓掌）

去年“一二·一”昆明青年学生为了反对内战，遭受屠杀，那算是青年的一代献出了他们最宝贵的生命！现在李先生为了争取民主和平，而遭受了反动派的暗杀，我们骄傲一点说，这算是像我这样大年纪的一代，我们的老战友，献出了最宝贵的生命。这两桩事发生在昆明，这算是昆明无限的光荣！（热烈的鼓掌）

作者运用对比手法，将反动派的卑劣与李公朴的爱国行为进行对比，以衬托李先生的光荣和反衬反动派的无耻。

反动派暗杀李先生的消息传出后，大家听了都悲愤痛恨。我心里想，这些无耻的东西，不知他们是怎么想法？他们的心理是什么状态？他们的心怎样长的？（捶击桌子）其实很简单，（低沉渐高）他们这样疯狂的来制造恐怖，正是他们自己在慌啊！在害怕啊！所以他们制造恐怖，其实是他们自己在恐怖啊！特务们，你们想想，你们还有几天。你们完了，快完了！你们以为打伤几个，杀死几个，就可以了事，就可以把人民吓倒了吗？其实广大的人民是打不尽的，杀不完的，要是这样可以的话，世界上早没有人了。你们杀死一个李公朴，会有千百万个李公朴站起来！你们将失去千百万的人民！你们看着我们人少，没有力量：告诉你们，我们的力量大得很！多得很！看今天来的这些人，都是我们的人，都是我们的力量！此外还有广大的市民！我们有这个信心：人民的力量是要胜利的，真理是永远存在的。历史上没有一个反人民的势力不被人民毁灭的！希特勒，墨索里尼不都在人民之前倒下去了吗？翻开历史看看，你还站得住几天！你完了，快完了！我们的光明就要出现了。我们看，光明

作者运用心理剖析法，一针见血地戳穿敌人的虚弱本质，给敌人以压力，给人民以动力。

这里运用例证法，列举希特勒、墨索里尼最终在人民面前倒下去的例子，得出了反动派必败、人民必胜的结论。

就在我们眼前，而现在正是黎明之前那个最黑暗的时候。我们有力量打破这个黑暗，争到光明！我们的光明，就是反动派的末日！（热烈的鼓掌）

反动派故意挑拨美苏的矛盾，想利用这矛盾来打内战。任你们怎么样挑拨，怎么样离间，美苏不一定打呀！现在四外长会议已经圆满闭幕了。这不是说美苏间已没有矛盾，但是可以让步，可以妥协，事情是曲折的，不是直线的。

李先生的血，不会白流的！李先生赔上了这条性命，我们要换来一个代价。“一二·一”四烈士倒下了，年青的战士们的血，换来了政治协商会议的召开，现在李先生倒下了，他的血要换取政协会议的重开！（热烈的鼓掌）我们有这个信心！（鼓掌）

“一二·一”是昆明的光荣，是云南人民的光荣，云南有光荣的历史，远的如护国，这不用说了。近的如“一二·一”，都是属于云南人民的，我们要发扬云南光荣的历史！（听众表示接受）

反动派挑拨离间，卑鄙无耻，你们看见联大走了，学生放暑假了，便以为我们没有力量了吗？特务们！你们错了！你们看见今天到会的一千多青年，又握起手来了，我们昆明的青年决不会让你们这样蛮横下去的！

反动派，你看见一个倒下去，可也看得见千百个继起的！

正义是杀不完的，因为真理永远存在！（鼓掌）

历史赋予昆明的任务是争取民主和平，我们昆明的

这篇讲演全文共使用了四十多个感叹号，把讲演者的思想感情一遍遍地展示给了听众，造成了使之越来越分明、越来越强烈的表现效果。设问、反问、反复和排比等修辞格的综合运用也是这篇讲演词的一大特点。这些修辞格的综合运用，使听众的思想与讲演者的思想感情始终处在激荡与交融的过程中，不断撞击，达成强烈共鸣。这篇讲演词具有极强的表现力量。

青年必须完成这任务!

我们不怕死，我们有牺牲的精神，我们随时像李先生一样，前脚跨出大门，后脚就不准备再跨进大门!
(长时间热烈的鼓掌)

积累与拓展

李公朴，中国民主同盟早期领导人，杰出的社会教育家。1946 年 2 月 10 日，国民党特务制造“较场口血案”，郭沫若、马寅初、李公朴等各界人士六十余人被打伤。为了中国的和平民主事业，面对险恶环境，李公朴早已把生死置之度外。他说:“我们搞民主运动的人，是要随时准备牺牲的。”“想用死来威胁我吗? 民不畏死，奈何以死惧之? 今天我两只脚跨出门，就不准备再跨回来。”1946 年 6 月底，民主同盟和各界人士在昆明发起万人签名运动，要求和平。南京国民政府密令昆明警备司令部、宪兵十三团等机关:“中共蓄意叛乱，民盟甘心从乱，际此紧急时期，对于该等奸党分子，于必要时得宜处置。”昆明警备总司令霍揆彰奉令后，拟定了逮捕、暗杀民盟负责人的名单。李公朴被列为第一名，闻一多为第二名。7 月 11 日晚，李公朴和夫人在外出归途中，于青云街大兴坡遭国民党特务暗杀，次日凌晨逝世。

闻一多原本预订了 7 月 15 日飞重庆转北平的飞机票，随西南联大迁回北平。噩耗传来，整个昆明沉浸在悲哀与愤怒，惶惑与不安之中。闻一多毅然退去飞返重庆的机票，并且对家人说:“现在好像是在大风大浪里行船，遇到了危险，更需要紧紧地把住舵。事已至此，我不出去，诸事停顿，何以慰死者?”闻一多亲笔为《学生报·李公朴先生死难专号》题写报头并题词纪念:“斗士的血是不会白流的，反动派! 你看见一个倒下了，可也看得见千百个继起的!”

7 月 15 日，李公朴先生治丧委员会在云南大学至公堂召开大会，悼念遇难的李公朴先生。此前,闻一多先生本已接受师友们的意见,不准备发表讲演,但李公朴先生遗孀张曼绮女士泣不成声地言说李先生遇难经过,使他再也不能抑制胸中的怒火,拍案而起,跳上讲台,直面追悼大会现场国民党特务的枪口,发出气壮山河的声音,这便是《最后一次讲演》。

第七辑　文艺与爱国

文艺与爱国——纪念三月十八

铁狮子胡同大流血之后《诗刊》就诞生了，本是碰巧的事，但是谁能说《诗刊》与流血——文艺与爱国运动之间没有密切的关系？

“爱国精神在文学里，”我让德林克瓦特讲，“可以说是与四季之无穷感兴，与美的逝灭，与死的逼近，与对妇人的爱，是一种同等重要的题目。”爱国精神之表现于中外文学里已经是层出不穷，数不胜数了。爱国运动能够和文学复兴互为因果，我只举最近的一个榜样——爱尔兰，便是明确的证据。

此段使用举例论证的方法，首先使用先贤德林克瓦的名言来阐释自己的观点；接着又举例爱尔兰，为爱国运动与文学复兴互为因果的榜样，来论证爱国精神与文艺复兴可以同时发轫。

十九世纪末至二十世纪二十年代，爱尔兰的爱国进步作家为复兴爱尔兰的民族文学、语言、艺术，进而创作出一大批表现爱尔兰人民生活、反映民族精神的作品，这就是爱尔兰文艺复兴。

我们的爱国运动和新文学运动何尝不是同时发轫的？他们原来是一种精神的两种表现。在表现上两种运动一向是分道扬镳的。我们也可以说正因为他们没有携手，所以爱国运动的收效既不大，新文学运动的成绩也就有限了。

爱尔兰的前例和我们自己的事实已经告诉我们了：这两种运动合起来便能够互收效益．分开来定要两败俱伤。所以《诗刊》的诞生刚刚在铁狮子胡同大流血之后，本是碰巧的；我却希望大家要当他不是碰巧的。我希望爱自由，爱正义，爱理想的热血要流在天安门，流在铁狮子胡同，但是也要流在笔尖，流在纸上。

同是一个热烈的情怀，犀利的感觉，见了一片红叶掉下地来，便要百感交集，“泪浪滔滔”，见了十三龄童的赤血在地下踩成泥浆子，反而漠然无动于中。这是不是不近人情？我并不要诗人替人道主义同一切的什么主义捧场。因为讲到主义便是成见了。理性铸成的成见是艺术的致命伤；诗人应该能超脱这一点。诗人应该是一张留声机的片子，钢针一碰着他就响。他自己不能决定什么时候响，什么时候不响。他完全是被动的。他是不能自主，不能自救的。诗人做到了这个地步，便包罗万有，与宇宙契合了。换句话说，就是所谓伟大的同情心——艺术的真源。

这里运用了比喻的修辞手法，将诗人比作留声机的片子，诗作比作留声机发出的声音。那么，闻一多将什么比作钢针呢？在本段中找一找，用文中的词语来回答。

并且同情心发达到极点，刺激来得强，反动也来得强，也许有时仅仅一点文字上的表现还不够，那便非现身说法不可了。所以陆游一个七十衰翁要“泪洒龙床请北征”，拜伦要战死在疆场上了。所以拜伦最完美，最伟大的一首诗，也便是这一死。所以我们觉得诸志士们三月十八日的死难不仅是爱国，而且是伟大的诗。我们若得着死难者的热情的一部分，便可以在文艺上大成功；若得着死难者的热情的全部，便可以追他们的踪迹，杀身成仁了。

因此我们就将《诗刊》开幕的一日最虔诚的献给这次死难的志士们了！

积累与拓展

《文艺与爱国》写于1926年“三·一八”惨案发生之后。关于“三一八”惨案，最著名的杂文是鲁迅先生的《纪念刘和珍君》，除此之外，鲁迅还写过《空谈》《死地》《无花的蔷薇》等作品；朱自清发表《哀韦杰三君》，林语堂发表《悼刘和珍、杨德群女士》，周作人写作《关于三月十八日的死者》，这些作品在高度赞扬死难烈士的爱国精神之余，无不愤怒声讨反动政府的滔天巨恶。

与时年45岁的鲁迅写作《纪念刘和珍君》的老辣笔调不同，闻一多写作《文艺与爱国》时还是一位年仅27岁的年轻学者，对读《纪念刘和珍君》和《文艺与爱国》我们可以发现，在爱国激情之余，闻一多更多地流露出自己早年以艺术为宗的文艺理念，故而有“我们希望爱自由，爱正义，爱理想的热血药流在天安门，流在铁狮子胡同，但也要流在笔尖，流在纸上”这样的疾呼。同为“三·一八”惨案纪念文章，闻一多的文章读来诗人气更浓，也更富于理想主义色彩。

《西南采风录》序

这是一篇诗人气质浓郁的杂文，感情炽烈热忱，喷涌而出，虽是杂文，却充满气盛言正的诗情诗意。

正在去年这时候，学校由长沙迁昆明，我们一部分人组织了一个湘黔滇旅行团，徒步西来，沿途分门别类收集了不少材料。其中歌谣一部分，共计二千多首，是刘君兆吉一个人独力采集的。他这种毅力实在令人惊佩。现在这些歌谣要出版行世了，刘君因我当时曾挂名为这部分工作的指导人，要我在书前说几句话。我惭愧对这部分材料在采集工作上，毫未尽力，但事后却对它发生了极大兴趣。一年以来，总想下番工夫把它好好整理一下，但因种种关系，终未实行。这回书将出版，答应刘君作序，本拟将个人对这材料的意见先详尽的写出来，作为整理工作的开端，结果又一再因事耽延，不能实现。这实在不但对不起刘君，也辜负了这宝贵材料。然而我读过这些歌谣，曾发生一个极大感想，在当前这时期，却不能不尽先提出请国人注意。

在都市街道上，一群群乡下人从你眼角滑过，你的印象是愚鲁，迟钝，畏缩，你万想不到他们每颗心里都自有一段骄傲，他们男人的憧憬是：

快刀不磨生黄锈，
胸膛不挺背要驼。（安南）

女子所得意的是：

斯文滔滔讨人厌，
庄稼粗汉爱死人；
郎是庄稼老粗汉，
不是白脸假斯文。（贵阳）

他们何尝不要物质的享乐，但鼠窃狗偷的手段，都是他们所不齿的：

吃菜要吃白菜头，
跟哥要跟大贼头，
睡到半夜钢刀响，
妹穿绫罗哥穿绸。（盘县）

那一个都市人，有气魄这样讲话或设想？

生要恋来死要恋，
不怕亲夫在眼前。
见官犹如见父母，
坐牢犹如坐花园。（盘县）

闻一多在文中引述了几首富有典型性的民歌：男人的憧憬、女人的得意、他们所不齿的，以及他们的气魄，以此来论证他的观点：乡下人“每颗心里都自有一段骄傲”。这样做的好处是丰富了文章的内涵，也使得文章更具有可读性和趣味性。

火烧东山大松林，
姑爷告上丈人门；
叫你姑娘快长大，
我们没有看家人。（宣威）

马摆高山高又高，
打把火钳插在腰。
那家姑娘不嫁我，
关起四门放火烧。

这里的“原始”“野蛮”“兽性”“狰狞的动物”是以比拟的修辞手法形象地表现健康的发乎本心的人性力量。

你说这是原始，是野蛮。对了，如今我们需要的正是它。我们文明得太久了，如今人家逼得我们没有路走，我们该拿出人性中最后，最神圣的一张牌来，让我们那在人性的幽暗角落里伏蛰了数千年的兽性跳出来反噬他一口。打仗本不是一种文明姿态，当不起什么“正义感”“自尊心”“为国家争人格”一类的奉承，干脆的是人家要我们的命，我们是豁出去了，是困兽犹斗。如今是千载一时的机会，给我们试验自己血中是否还有着那只狰狞的动物，如果没有，只好自认是个精神上“天阉”的民族，休想在这地面上混下去了。感谢上苍，在前方姚子青，八百壮士，每个在大地上或天空中粉身碎骨了的男儿，在后方几万万以“睡到半夜钢刀响”为乐的“庄稼老粗汉”，已经保证了我们不是“天阉”！如果我们是一个乐观主义者，我的根据就只这一点。我们能战，我们渴望一战而以得到一战为至上的愉快。至于胜利，那是多么泄气的事，胜利到了手，不是搏斗的愉快也得终止，“快刀”又得“生黄锈”了吗？ 还好，还好！ 四千年的文化，没有把我们都变成“白脸斯文人”！

积累与拓展

闻一多写作这篇杂文，意在用一个民俗学角度的讨论（民歌与民情）来提醒当时的知识分子：国家的积贫积弱、传统旧秩序的桎梏，已经将传统文化中生长起来的知识分子逼入那“人性的幽暗角落伏蛰了数千年”。闻一多呼吁知识分子适应时代的潮流，树立起民族自信、文化自信。

文学的历史动向

人类在进化的途程中蹒跚了多少万年，忽然这对近世文明影响最大最深的四个古老民族——中国，印度，以色列，希腊——都在差不多同时猛抬头，迈开了大步。当纪元前一千年左右，在这四个国度里，人们都歌唱起来，并将他们的歌记录在文字里，给流传到后代，在中国，《三百篇》里最古部分——《周颂》和《大雅》，印度的《黎俱吠陀》(Rig-veda)，《旧约》里最早的《希伯来诗篇》，希腊的《伊利亚特》(Iliad)和《奥德赛》(Odyssey)——都约略同时产生。再过几百年，在四处思想都醒觉了，跟着是比较可靠的历史记载的出现。从此，四个文化，在悠久的年代里，起先是沿着各自的路线，分途发展，不相闻问，然后，慢慢的随着文化势力的扩张，一个个的胳臂碰上了胳臂，于是吃惊，点头，招手，交谈，日子久了，也就交换了观念思想与习惯。最后，四个文化慢慢的都起着变化，互相吸收，融合，以至总有那么一天，四个的个别性渐渐

此处使用了拟人的修辞手法，形象地表现四种民族文化的发展历程：先各自生发，再出现文化与文化之间的接触（“胳臂碰上胳臂”）、惊叹与交流（“吃惊，点头，招手，交谈”）、融合（“交换了观念思想与习惯”）。

消失，于是文化只有一个世界的文化。这是人类历史发展的必然路线，谁都不能改变，也不必改变。

上文说过，四个文化猛进的开端都表现在文学上，四个国度里同时迸出歌声。但那歌的性质并非一致的。印度希腊，是在歌中讲着故事，他们那歌是比较近乎小说戏剧性质的，而且篇幅都很长，而中国以色列则都唱着以人生与宗教为主题的较短的抒情诗。中国与以色列许是偶同，印度与希腊都是雅利安种人，说着同一系统的语言，他们唱着性质比较类似的歌，倒也不足怪。

中国，和其余那三个民族一样，在他开宗第一声歌里，便预告了他以后数千年间文学发展的路线。《三百篇》的时代，确乎是一个伟大的时代，我们的文化大体上是从这一刚开端的时期就定型了。文化定型了，文学也定型了，从此以后二千年间，诗——抒情诗，始终是我国文学的正统的类型，甚至除散文外，它是惟一的类型。赋，词，曲，是诗的支流，一部分散文，如赠序，碑志等，是诗的副产品，而小说和戏剧又往往以各自不同的方式夹杂些诗。诗，不但支配了整个文学领域，还影响了造型艺术，它同化了绘画，又装饰了建筑（如楹联，春帖等）和许多工艺美术品。

“《三百篇》”即指《诗经》。《诗经》共三百零五篇，故又称“诗三百”。

诗似乎也没有在第二个国度里，像它在这里发挥过的那样大的社会功能。在我们这里，一出世，它就是宗教，是政治，是教育，是社交，它是全面的生活。维系封建精神的是礼乐，阐发礼乐意义的是诗，所以诗支持了那整个封建时代的文化。此后，在不变的主流中文化随着时代的进行，在细节上曾多少发生过一些不同的花样。诗，它一面对主流尽着传统的呵护的职责，一方面仍给那些新花样忠心的服务。最显著的例是唐朝。那是一个诗最发达的时期，也是诗与生活拉拢得最紧的一个时期。

从西周到春秋中叶，从建安到盛唐，这中国文学史上两个最光荣的时期，都是诗的时期。两个时期各个拖着一条姿势稍异，但同样灿烂的尾巴，前者的是《楚辞》汉赋，后者的是五代宋词。而这辞赋与词还是诗的支流。然则从西周到宋，我们这大半部文学史，实质上只是一部诗史。但是诗的发展到北宋实际也就完了。南宋的词已经是强弩之末。就诗本身说，连尤杨范陆和稍后的元遗山似乎都是多余的，重复的，以后的更不必提了。我们只觉得明清两代关于诗的那许多运动和争论，都是无味的挣扎。每一度挣扎的失败，无非重新证实一遍那挣扎的徒劳无益而已。本来从西周唱到北宋，足足二千年的工夫也够长的了，可能的调子都已唱完了。到此，中国文学史可能不必再写，假如不是两种外来的文艺形式——小说与戏剧，早在旁边静候着，准备届时上前来“接力”。是的，中国文学史的路线南宋起便转向了，从此以后是小说戏剧的时代。

故事与雏形的歌舞剧，以前在中国本土不是没有，但从未发展成为文学的部门。对于讲故事，听故事，我们似乎一向就不大热心。不是教诲的寓言，就是纪实的历史，我们从未养成单纯的为故事而讲故事、听故事的兴趣。我们至少可说，是那充满故事兴味的佛典

闻一多从“小说”这一艺术形式的接受角度论述中国文学在内容、思想及精神等方面受到佛教影响。与闻一多同时代的文学研究学者鲁迅在《中国小说史略》中也持同样观点，即认为佛典宣教，是中国“小说”这一文体产生的因由之一。

之翻译与宣讲，唤醒了本土的故事兴趣的萌芽，使它与那较进步的外来形式相结合，而产生了我们的小说与戏剧。故事本是民间的产物，不用讳言，它的本质是低级的（便在小说戏剧里，过多的故事成分不也当悬为戒条吗？）。正如从故事发展出来的小说戏剧，其本质是平民的，诗的本质是贵族的。要晓得它们之间距离很大，而距离是会孕育恨的。所以我们的文学传统既是诗，就不但是非小说戏剧的，而且推到极端，可能还是反小说戏剧的。若非宗教势力带进来那点新鲜刺激，而且自己的歌实在也唱到无可再唱的了，我们可能还继续产生些“韩非”“说储”，或“燕丹子”一类的故事，和《九歌》一类的雏形歌舞剧；但是，元剧和章回小说决不会有。然而本土形式的花开到极盛，必归于衰谢，那是一切生命的规律，而两个文化波轮由扩大而接触而交织，以致新的异国形式必然要闯进来，也是早经历史命运注定了的。异国形式也许早就来到了，早到起码是汉朝佛教初输入的时候，你可以在几百年中不注意它，等到注意了之后，还可以延宕，踌躇个又一度几百年，直到最后，万不得已的，这才死心塌地，接受了吧！但那只是迟早问题。反正你自己的花无法再开，那命数你得承认。新的种子从外面来到，给你一个再生的机会，那是你的福分。你有勇气接受它，是你的聪明，肯细心培植它，是有出息，结果居然开出很不寒伧的花朵来，更足以使你自豪！

第一度外来影响刚刚扎根，现在又来了第二度的。第一度佛教带来的印度影响是小说戏剧，第二度基督教带来的欧洲影响又是小说戏剧（小说戏剧是欧洲文学的主干，至少是特色），你说这是碰巧吗？

不然。欧洲文化正如它的鼻祖希腊文化一样，和印度文化，往大处看，还不是一家？这样说来，在这两度异乡文化东渐的阵容中，印度不过是欧洲的头，欧洲是印度的尾而已。就文化接触的全盘局势来看，头已进来，尾迟早必需来到，应该也是早已料到的事。第一度外来影响，已经由扎根而开花了，但还不算开到最茂盛的地步，而本土的旧形式，自从枯萎后，还不见再荣的迹象，也实在没有再荣的理由。现在第二度外来影响，又与第一度同一种类，毫无问题，未来的中国文学还要继续那些伟大的元明清人的方向，在小说戏剧的园地上发展。待写的一页文学史，必然又是一段小说戏剧史，而且较向前的一段，更为热闹，更为充实。

但在这新时代的文学动向中，最值得揣摩的，是新诗的前途。你说，旧诗的生命诚然早已结束，但新诗——这几乎是完全重新再做起的新诗，也没有生命吗？对了，除非它真能放弃传统意识，完全洗心革面，重新做起。但那差不多等于说，要把诗做得不像诗了。也对。说得更确点，不像诗，而像小说戏剧，至少让它多像点小说戏剧，少像点诗。太多“诗”的诗，和所谓“纯诗”者，将来恐怕只能以一种类似解嘲与抱歉的姿态，为极少数人存在着。在一个小说戏剧的时代，诗得尽量采取小说戏剧的态度，利用小说戏剧的技巧，才能获得广大的读众。这样做法并不是不可能的。在历史上多少人已经做过，只是不大彻底罢了。新诗所用的语言更是向小说戏剧跨近了一大步，这是新诗之所以为“新”的第一个也是最主要的理由。其它在态度上，在技巧上的种种进一步的试验，也正在进行着。请放心，历史上常常有人把诗写得不像诗，如阮籍，陈子昂，孟郊，如华茨渥斯（Wordsworh），惠特曼（Whitman），而转瞬间便是最真实的诗了。诗这东西的长处就在它有无限度的弹性，变得出无穷的花样，装得进无限的内容。只有固执与狭隘才是诗的致命伤，纵没有时代的威胁，它也难立足。

每一时代有一时代的主潮，小的波澜总得跟着主潮的方向推进，跟不上的只好留在港汊里干死完事。战国秦汉时代的主潮是散文。一部分诗服从了时代的意志，散文化了，便成就了《楚辞》和初期的汉赋，成就了“铙歌”，这些都是那时代的光荣。另一部分诗，如《郊祀歌》,《安世房中歌》，韦孟《讽谏诗》之类，跟不上潮流，便成了港汊中的泥淖。

明代的主潮的小说,《先妣事略》,《寒花葬志》和《项脊轩记》的作者归有光，采取了小说的以寻常人物的日常生活为描写对象的态度，和刻画景物的技巧，总算是黏上了点时代潮流的边儿（他自己以为是读《史记》读来了的，那是自欺欺人的话），所以是散文家中欧公以来惟一顶天立地的人物。其他同时代的散文家，依照各人小说化的程度的比例，也多多少少有些成就，至于那般诗人们只忙于复古，没有理会时代，无疑那将被未来的时代忘掉。以上两个历史的教训，是值得我们的新诗人书绅的。

四个文化同时出发，三个文化都转了手，有的转给近亲，有的转给外人，主人自己却都没落了. 那许是因为他们都只勇于“予”而怯于“受”。 中国是勇于“予”而不太怯于“受”的，所以还是自己的文化的主人，然而也仅免于没落的劫运而已。 为文化的主人自己打算，“取”不比“予”还重要吗? 所以仅仅不怯于“受”是不够的，要真正勇于“受”。 让我们的文学更彻底的向小说戏剧发展，等于说要我们死心塌地走人家的路。 这是一个“受”的勇气的测验，也是我们能否继续自己文化的主人的测验。

过去记录里有未来的风色。 历史已给我们指示了方向——“受”的方面，如今要的只是勇气，更多的勇气啊!

积累与拓展

《文学的历史动向》可与鲁迅先生的《拿来主义》对读，比较闻一多在论述他的中心观点“受”事与鲁迅论述“拿来”主义时有何异同。

龙凤

前些时接到一个新兴刊物负责人一封征稿的信，最使我发生兴味的是那刊物的新颖命名——《龙凤》，虽则照那篇《缘起》看，聪明的主编者自己似乎并未了解这两字中丰富而深邃的含义。无疑的他是被这两个字的奇异的光艳所吸引，他迷惑于那蛇皮的夺目的色彩，却没理会蛇齿中埋伏着的毒素，他全然不知道在玩弄色彩时，自己是在与毒素同谋。

开篇提出鲜明的观点，亮明态度，提醒国人不要被“龙凤”二字“奇异的光艳所吸引”，“迷惑于那蛇皮的夺目的色彩，却没理会蛇齿中埋伏着的毒素”。

就最早的意义说，龙与凤代表着我们古代民族中最基本的两个单元——夏民族与殷民族，因为在“鲧死，……化为黄龙，是用出禹”和“天命玄鸟（即凤），降而生商”两个神话中，我们依稀看出，龙是原始夏人的图腾，凤是原始殷人的图腾（我说原始夏人和原始殷人，因为历史上夏殷两个朝代，已经离开图腾文化时期很远，而所谓图腾者，乃是远在夏代和殷代以前的夏人和殷人的一种制度兼信仰），因之把龙凤当作我们民族发祥和文化启端的象征，可说是再恰当没有了。

从历史社会学的意义上，揭示“龙是原始夏人的图腾，凤是原始殷人的图腾”，还原龙凤以原始社会民族图腾标志的基本内涵与功能。

若有人愿意专就这点着眼，而想借“龙凤”二字来提高民族意识和情绪，那倒无可厚非。可惜这层历史社会学的意义在一般中国人心目中并不存在，而“龙凤”给一般人所引起的联想则分明是另一种东西。

还原龙凤的原初意义之后，作者从人类社会历史发展的角度一针见血地指出，在进入“国家”乃至“大一统的帝国”之后，这个图腾生物实际上已经成为“决定了百姓的苦难”的标记——即龙凤成为统治阶级拔擢自身威权、压迫百姓的工具。

图腾式的民族社会早已变成了国家，而封建王国又早已变成了大一统的帝国，这时一个图腾生物已经不是全体族员的共同祖先，而只是最高统治者一姓的祖先，所以我们记忆中的龙凤，只是帝王与后妃的符瑞，和他们及她们宫室舆服的装饰“母题”，一言以蔽之，它们只是“帝德”与“天威”的标记。有了一姓，便对待的产生了百姓，一姓的尊荣，便天然的决定了百姓的苦难。你记得复辟与龙旗的不可分离性，你便会原谅我看见“龙凤”二字而不禁怵目惊心的苦衷了。我是不同意于“天王圣明，臣罪当诛”的。

《缘起》中也提到过“龙凤”二字在文化思想方面的象征意义，他指出了文献中以龙比老子的故事，却忘了一副天生巧对的下联，那便是以凤比孔子的故事。可巧故事都见于《庄子》一书里。《天运》篇说孔子见过老聃后，发呆了三天说不出话，弟子们问他给老聃讲了些什么，他说：“吾乃今于是乎见龙——龙合而成体，散而成章，乘云气而养翔乎阴阳，予口张而不能嗋，舌举而不能讯，予又何规老聃哉！”这是常用的典故（也就是许多姓李的楹联中所谓“犹龙世泽”的来历）。至于以凤比孔子的典故，也近在眼前，不知为什么从未成为词章家“獭祭”的资料，孔子到了楚国，著名的疯子接舆所唱的那充满讽刺性的歌儿——

凤兮凤兮！何如(汝)德之衰也？来世不可待，往世不可追也！……

不但见于《庄子》(《人间世》篇)，还见于《论语》(《微子》篇)。是以前读死书的人不大认识字，不知道“如”是“汝”的假借，因而没弄清话中的意思吗？可是《汉石经》《论语》“如”作“而”，“而”字本也训“汝”，那么歌辞的喻意，至少汉人是懂得。另一个也许更有趣的以凤比孔子的出典，见于唐宋“类书”所引的一段“庄子”佚文：

老子见孔子从弟子五人，问曰，“前为谁?”对曰，“子路，勇且力。其次子贡为智，曾子为孝，颜回为仁，子张为武。”老子叹曰，“吾闻南方有鸟，其名为凤……凤鸟之文，戴圣婴仁，右智左贤……”

这里以凤比孔子，似乎更明显。尤其有趣的是，那次孔子称老子为龙，这次是老子回敬孔子，比他作凤，龙凤是天生的一对，孔老也是天生的一对，而话又出自彼此的口中，典则同见于《庄子》。你说这天生巧对是庄子巧思的创造，意匠的游戏——又是他老先生的“谬悠之说，荒唐之言，无端崖之辞”吗？也不尽然。前面说过原始殷人是以凤为图腾的，而孔子是殷人之后，我们尤其熟习。老子是楚人，向来无异词，楚是祝融六姓中姓季连之后，而祝融，据近人的说法，就是那“人面龙身而无足”的烛龙，然则原始楚人也当

作者进一步从文化思想的角度，从以龙比老子，以凤比孔子的文献典故开始说起，梳理了龙凤在文化思想领域的意义——“最典型中国式而最有支配势力的思想家莫如孔老”，龙凤实际上“象征了最能代表民族气质的思想家”。

是一个龙图腾的族团。以老子为龙，孔子为凤，可能是庄子的寓言，但寓言的产生也该有着一种素地，民俗学的素地（这可以《庄子》书中许多其它的寓言为证）。其实凤是殷人的象征，孔子是殷人的后裔。呼孔子为凤，无异称他为殷人；龙是夏人的，也是楚人的象征，说老子是龙，等于说他是楚人，或夏人的本家。中国最古的民族单元不外夏殷，最典型中国式而最有支配势力的思想家莫如孔老，刊物命名为《龙凤》，不仅象征了民族，也象征了最能代表民族气质的思想家，这从某种观点看，不能不说是中国有刊物以来最漂亮的名字了！

然而，还是庄子的道理，“臭腐复化为神奇，神奇复化为腐臭”——从另一种观点看，最漂亮的说不定也就是最丑恶的。我们在上文说过，图腾式的民族社会早已变成了国家，而封建的王国又早已变成了大一统的帝国，在我们今天的记忆中，龙凤只是“帝德”与“天威”的标记而已。现在从这角度来打量孔老，恕我只能看见一位“申申如也，夭夭如也”而谄上骄下的司寇，和一位以“大巧若拙”的手段“助纣为虐”的柱下史（五千言本也是“君人南面之术”），有时两个身影叠成一个，便又幻出忽而“内老外儒”，忽而“外老内儒”，种种的奇形怪状。要晓得这条“见首不见尾”的阴谋家——龙，这只“戴圣婴仁”的伪君子——凤，或二者的混合体，和那象征着“帝德”“天威”的龙凤，是不可须臾离的，有了主子，就用得着奴才，有了奴才，也必然会捧出一个主子；帝王与士大夫是相依为命

继而，作者笔锋一转，指出“最漂亮的说不定也就是最丑恶的”，剖析了代表的部分中国古代知识分子的普遍心态，或以儒家（孔）“申申如也，夭夭如也”的态度“谄上骄下”，或以道家（老）大巧若拙的手段“助纣为虐”，进而揭示本质：“帝王和士大夫是相依为命的”。

的。主子的淫威和奴才的恶毒——暴发户与破落户双重势力的结合，压得人民半死不活。三千年惨痛的记忆，教我们面对这意味深长的“龙凤”二字，怎能不怵目惊心呢！

事实上，人物界只有穷凶极恶而诡计多端的蛇，和受人豢养，替人帮闲，而终不免被人宰割的鸡，那有什么龙和凤呢？科学来了，神话该退位了。办刊物的人也得当心，再不得要让“死的拉住活的”了！

要不然，万一非给这民族选定一个象征性的生物不可，那就还是狮子罢，我说还是那能够怒吼的狮子罢，如其它不再太贪睡的话。

一九四四年七月

得出结论，提示人们，要注意辨识传统文化的遗产，再次点明主旨，与文章篇首的观点相呼应：面对意味深长的龙凤，怎能不怵目惊心。

积累与拓展

闻一多不仅是诗人、画家，也是杰出的文化史研究学者，他早年曾留学美国，且国学功底扎实，可谓学贯中西。闻一多的文化研究遍及《周易》、《诗经》、《庄子》，唐诗、楚辞，乃至金石学研究，对中国古代社会文化史、艺术发展史，以及原始社会壁画、舞乐等专门学科均有涉猎。

闻一多写作《龙凤》的主旨是拨开神话的迷雾，还“龙”“凤”以其历史的、民俗的、文化的本来面目，以唯物主义的方法清理传统文化的糟粕和病态的民粹心态：

首先，作者亮出与众不同的观点，大有“语不惊人死不休”之感，一方面开宗明义，一方面引起读者的阅读兴趣；

接着，作者从历史社会学的角度、还原龙凤最初的意义，指出龙凤在进入封建社会之后成为统治者压迫人民的标志的实质；

然后，作者调转笔锋，通过对文献和典故的梳理与深入挖掘，揭示了龙凤在思想文化领域的意义，即它们实际上象征了最能代表民族气质、也是最有支配势力的思想家（孔、老），同时揭示其助纣为虐的奴才本性。

最后，作者重申观点态度，并且希望用“怒吼的狮子”来做民族的象征物，倡导健康、阳刚的民族性格与风骨。

这篇议论文在论述上特点鲜明，观点提出令人眼前一亮，论证扎实有序，层层递进，结尾有力；同时在论述观点时，闻一多对中西文化典故与知识信手拈来，旁征博引，显示了深厚了文化修养和恢弘的大家风范。

端节的历史教育

端午那天孩子们问起粽子的起源，我当时虽乘机大讲了一顿屈原，心里却在暗笑，恐怕是帮同古人撒谎罢。不知道是为了谎的教育价值，还是自己图省事和藏拙，反正谎是撒过了，并且相当成功，因为看来孩子们的好奇心确乎得到了相当的满足。可是，孩子们好奇心的终点，便是自己好奇心的起点。自从那天起，心里常常转着一个念头：如果不相信谎，真又是甚么呢？端午真正的起源，究竟有没有法子知道呢？最后我居然得到了线索，就在那谎里。

> 屈原五月五日投汨罗而死，楚人哀之，每至此日，以竹筒贮米投水祭之。汉建武中，长沙欧回白日忽见一人，自称三闾大夫，谓曰："君常见祭，甚善。但常所遗，苦为蛟龙所窃。今若有意，可以楝树叶塞其上，仍以五彩丝约缚之。此二物蛟龙所惮也。"回依其言。世人作粽，并带五彩丝及楝叶，皆汨罗之遗风也。
>
> ——《续齐谐记》

从纪念屈原说开始，引述《续齐谐记》的传说，经过梳理，从端午节最重要的两个节目“竞渡”和“吃粽子”推导出“整个端午节的中心意义，就应该向龙的故事里去探寻”。

这传说是如何产生的，下文再谈，总之是不可信。倒是“常所遗（粽子）苦为蛟龙所窃”这句话，对于我的疑案，不失为一个宝贵的消息。端午节最主要的两个节目，无疑是竞渡和吃粽子。这里你就该注意，竞渡用的龙舟，粽子投到水里常为蛟龙所窃，两个主要节目都与龙有关，假如不是偶合的话，恐怕整个端午节中心的意义，就该向龙的故事里去探寻罢。这是第一点。据另一传说，竞渡的风俗起于越王勾践，那也不可靠，不过吴越号称水国，说竞渡本是吴越一带的土风，总该离事实不远。这是第二点。一方面端午的两个主要节目都与龙有关，一方面至少两个节目之一，与吴越的关系特别深，如果我们再能在吴越与龙之间找出联系来，我们的问题不就解决了吗？

吴越与龙究竟有没有联系呢？古代吴越人“断发文身”，是我们熟知的事实。这习俗的意义，据当时一位越国人自己的解释，是“处海垂之际，……而蛟龙又与我争焉，是以剪发文身，烂然成章，以像龙子者，将以避水神也。”（《说苑·奉使》篇记诸发语）所谓“水神”便是蛟龙。原来吴越都曾经自认为蛟龙的儿子（龙子），在那个大前提下，他们想，蛟龙是害人的东西，不错，但决不会残杀自己的“骨肉”。所以万一出了岔子，责任不该由蛟龙负，因为他们相信，假若人们样子也长得和蛟龙一样，让蛟龙到眼前就认识是自己的族类，那会有岔子出呢？这样盘算的结果，他们便把头发剪短了，浑身刺着花纹，尽量使自己真像一个“龙子”，这一来他们心里便踏实了，觉得安全真有保障。

这便是吴越人断发文身的全部理论。这种十足的图腾主义式的心理，我在别处还有更详细的分析与说明。现在应该注意的是，我们在上文所希望的吴越与龙的联系，事实上确乎存在。根据这联系推下去，我想谁都会得到这样一个结论：端午本是吴越民族举行图腾祭的节日，而赛龙舟便是这祭仪中半宗教半社会性的娱乐节目。至于将粽子投到水中，本意是给蛟龙享受的，那就不用讲了。总之，端午是个龙的节日，它的起源远在屈原以前——不知道多远呢！

经过具体、详实地考证，得出结论，澄清"端午是个龙的节日"这个端午节的内涵，初步拨开历史传说的疑云。

据《风俗通》和《荆楚岁时记》，五月五日，古代还有以彩丝系臂，名曰"长命缕"的风俗。我们疑心彩丝系臂便是文身的变相。一则《国策》有"祝发文身错臂，瓯越之民也"的话（《赵策》二）。可见文身术应用的主要部分之一是两臂。二则文身的目的，上文已讲过，是给生命的安全作保障。彩丝系臂，在形式上既与错臂的文身术有类似的效果，而"长命缕"这名称又证明了它也具有保障生命的功能，所以我们说彩丝系臂是古代吴越人文身俗的遗留，也是不会有大错的。于是我又恍然大悟，如今小孩们身上挂着五彩丝线缠的，或彩色绸子扎的，或染色麦草编的，种种光怪陆离的小玩意儿，原来也都是文身的替代品。文身是"以像龙子"的。竞渡与吃粽子，上文已说过，都与龙有关，现在我们又发现彩丝系臂的背景也是龙，这不又给端午是龙的节日添了一条证据么？我看为名副其实，这节日干脆叫"龙子节"得了。

上文在弄清端午节的内涵之后，作者在下文中继续说明端午节的意义。

这一段主要使用了引用资料、摹写状貌并且加以诠释的方法说明了以彩丝系臂的"长命缕"风俗与文身，进而与龙的传说之间的逻辑关联，为"端午是龙的节日"这个观点增添了证据。

我在上文好像揭穿了一个谎。但在那揭谎的工作中，我并不是没有怀着几分惋惜的心情。我早已提到谎有它的教育价值，其实不等到谎被揭穿之后，我还不觉得谎的美丽。如果明年孩子们再谈起粽子的起源，我想，我的话题还是少不了这个谎，不，我将在讲完了谎之后，再告诉他们谎中的真。我将这样说：

吃粽子这风俗真古得很啊！它的起源恐怕至少在四五千年前。那时人们的文化程度很低。你们课本中有过海南岛黎人的插图吗？他们正是那样，浑身刺绣着花纹，满脸的狞恶像。但在内心里，他们实在是很可怜的。那时的人在自然势力威胁之下，常疑心某种生物或无生物有着不可思议的超自然力量，因此他们就认定那东西为他们全族的祖先兼保护神，这便是现代术语所谓“图腾”。凡属于某一图腾族的分子，必在自己身体上和日常用具上，刻画着该图腾的形状，以图强化自己和图腾间的联系，而便于获得图腾的保护。古代吴越民族是以龙为图腾的，为表示他们“龙子”的身分，藉以巩固本身的被保护权，所以有那断发文身的风俗。一年一度，就在今天，他们要举行一次盛大的图腾祭，将各种食物，装在竹筒，或裹在树叶里，一面往水里扔，献给图腾神吃，一面也自己吃。完了，还在急鼓声中（那时许没有锣）划着那刻画成龙形的独木舟，在水上作竞渡的游戏，给图腾神，也给自己取乐。这一切，表面上虽很热闹，骨子里却只是在一副战栗的心情下，吁求着生命的保障，所以从冷眼旁观者看来，实在是很悲的。这便是最古的端午节的意义。

一二千年的时间过去了，由于不断的暗中摸索，人

全文从一个问题（端午真正的起源是什么？）开始讲起，其间引述了古籍中关于端午节起源的故事、民间流传的竞渡风俗的起源传说、蛟龙的传说故事、彩丝系臂的民俗、粽子与龙的传说等，以故事（传说）串联起全文，涉笔成趣，妙笔生花。一方面使得文章的内容非常充实，富于文化价值，另一方面增强了文章的可读性。

们稍稍学会些控制自然的有效方法，自己也渐渐有点自信心，于是对他们的图腾神，态度渐渐由献媚的、拉拢的，变为恫吓的、抗拒的（人究竟是个狡猾的东西！），最后他居然从幼稚的、草昧的图腾文化挣扎出来了，以至几乎忘掉有过那么回事。好了，他现在立住脚跟了，进步相当的快。人们这时赛龙舟，吃粽子，心情虽还有些紧张，但紧张中却带着点胜利的欢乐意味。他们如今是文明人啊！我们所熟悉的春秋时代的吴越，便是在这个文化阶段中。

但是，莫忙乐观！刚刚对于克服自然有点把握，人又发现了第二个仇敌——他自己。以前人的困难是怎样求生，现在生大概不成问题，问题在怎样生得光荣。光荣感是个良心问题，然而要晓得良心是随罪恶而生的。时代一入战国，人们造下的罪孽想是太多了，屈原的良心担负不起，于是不能生得光荣，便毋宁死，于是屈原便投了汨罗！是呀，仅仅求生的时代早过去了，端午这节日也早失去了意义。从战国到今天，应该是怎样求生得光荣的时代，如果我们还要让这节日存在，就得给他装进一个我们时代所需要的意义。

但为这意义着想，那有比屈原的死更适当的象征？是谁首先撒的谎，说端午节起于纪念屈原，我佩服他那无上的智慧！端午，以求生始，以争取生得光荣的死终，这谎中有无限的真！

准备给孩子们讲的话，不妨到此为止。纵然这番意思，孩子还不大懂，但迟早是应当让他们懂得的。是不是？

积累与拓展

闻一多的杂文，兼具感性与理性，根据不同的内容，感性与理性的比重不同，《端午节的历史教育》，情理交融，彼此渗透。从感性的角度看，作者的论述从容不迫，故事意味隽永，从给孩子们讲述屈原这件小事说起，自然地串联起与端午节有关的民俗故事、积习传统，言说不徐不疾，富于生活情趣。

从理性的角度看，闻一多的论述层次推进，逻辑严谨周密。第一步，全文由材料引出线索（“整个端午节的中心意义，就应该向龙的故事里去探寻”）。第二步，作者经过深入考证研究，得出结论（“端午是龙的节日”）。第三步，在这个基础上，作者通过对诸多文化现象（长命缕、海南岛黎人的文身像、图腾祭仪式、龙形独木舟竞渡活动等）的分析，指出端午节的意义：最古的端午节是古人向图腾神“吁求着生命的保障”，骨子里是“一副战栗的心情”；当人类从草昧的图腾文化挣扎出来后，端午节则演化为对图腾神的献媚、拉拢、恫吓、抗拒，这时候人们过端午节，赛龙舟，吃粽子，是“紧张中却带着点胜利的欢乐意味”的。第四步，最后作者点明主旨，求生的时代早已过去，我们应该给端午这个节日装进一个时代所需要的意义，即屈原的死所象征的文化意义：生得光荣。整篇文章的论证水到渠成，言之有物，言之有理，令人折服。

人民的诗人——屈原

古今没有第二个诗人像屈原那样曾经被人民热爱的。我说“曾经”，因为今天过着端午节的中国人民，知道屈原这样一个人的实在太少，而知道《离骚》这篇文章的更有限。但这并不妨碍屈原是一个人民的诗人。我们也不否认端午这个节日，远在屈原出世以前，已经存在，而它变成屈原的纪念日，又远在屈原死去以后。也许正因如此，才足以证明屈原是一个真正的人民诗人。惟其端午是一个古老的节日，“和中国人民同样的古老”，足见它和中国人民的生活如何不可分离，惟其中国人民愿意把他们这样一个重要的节日转让给屈原，足见屈原的人格，在他们生活中，起着如何重大的作用。也惟其远在屈原死后，中国人民还要把他的名字，嵌进一个原来与他无关的节日里，才足见人民的生活里，是如何的不能缺少他。端午是一个人民的节日，屈原与端午的结合，便证明了过去屈原是与人民结合着的，也保证了未来屈原与人民还要永远结合着。

闻一多对屈原的认识与阐释，经历过一个深化和发展的过程，“人民的诗人”是闻一多对屈原人格的最终认定。本文的论证重点，在开篇不久即被提出：“是什么使得屈原成为人民的屈原呢？”

是什么使得屈原成为人民的屈原呢?

第一，说来奇怪，屈原是楚王的同姓，却不是一个贵族。战国是一个封建阶级大大混乱的时期，在这混乱中，屈原从封建贵族阶级，早被打落下来，变成一个作为宫廷弄臣的卑贱的伶官，所以，官爵尽管很高，生活尽管和王公们很贴近，他，屈原，依然和人民一样，是在王公们脚下被践踏着的一个。这样，首先在身分上，屈原便是属于广大人民群众的。

闻一多对“是什么使得屈原成为人民的屈原”的论证，分四个分论点：一是屈原的身份是属于广大人民群众的；二是屈原的重要作品《离骚》和《九歌》，是人民的艺术形式；三是《离骚》的内容“怨恨怀王，讥讽椒兰”，喊出了人民的愤怒；四是屈原的“行义”无一不是与人民相结合的。

第二，屈原最主要的作品——《离骚》的形式，是人民的艺术形式，“一篇题材和秦始皇命博士所唱的‘仙真人诗’一样的歌舞剧”。虽则它可能是在宫廷中演出的。至于他的次要的作品——《九歌》，是民歌，那更是明显，而为历来多数的评论家所公认了。

第三，在内容上，《离骚》“怨恨怀王，讥刺椒兰”，无情的暴露了统治阶层的罪行，严正的宣判了他们的罪状，这对于当时那在水深火热中敢怒而不敢言的人民，是一个安慰，也是一个兴奋。用人民的形式，喊出了人民的愤怒，《离骚》的成功不仅是艺术的，而且是政治的，不，它的政治的成功，甚至超过了艺术的成功，因为人民是最富于正义感的。

但，第四，最使屈原成为人民热爱与崇敬的对象的，是他的“行义”，不是他的“文采”。如果对于当时那在暴风雨前窒息得奄奄待毙的楚国人民，屈原的《离骚》唤醒了他们的反抗情绪，那么，屈原的死，更把那反抗情绪提高到爆炸的边沿，只等秦国的大军一来，就用那溃退和叛变的方式，来向他们万恶的统治者，实行报复性的反击（楚亡于农民革命，不亡于秦兵，而楚国农民的革命性的优良传统，在此后陈胜吴广对秦政府的那一著上，表现得尤其清楚）。历史决定了暴风雨的时代必然要来到，屈原一再的给这时代执行了“催生”的任务，屈原的言，行，无一不是与人民相配合的，虽则也许是不自觉的。有人说他的死是“匹夫匹妇自经于沟壑”，对极了，匹夫匹妇的作风不正是人民革命的方式吗？

以上各条件，若缺少了一件，便不能成为真正的人民诗人。尽管陶渊明歌颂过农村，农民不要他，李太白歌颂过酒肆，小市民不要他，因为他们既不属于人民，也不是为着人民的。杜甫是真心为着人民的，然而人民听不懂他的话。屈原虽没写人民的生活，诉人民的痛苦，然而实质的等于领导了一次人民革命，替人民报了一次仇。屈原是中国历史上惟一有充分条件称为人民诗人的人。

经过分论点的论述，作者自然地推导出屈原是中国历史上惟一有充分条件称为人民诗人的人。这篇论述文的结构清晰：提出问题，分点论证，得到结论。

积累与拓展

这篇论述文尤其值得我们关注和学习的是：作者为论证屈原是“人民的诗人”这一中心论点而展开的分点论证，四个分论点并不是简单罗列、并列展陈的关系，而是由浅入深、由表及里地层层递进论证中心论点，由身份到作品形式，到主题内容，到个人言行（最终投江），这样写的好处是：其论述符合人们认识事物的普遍逻辑规律，同时，经过逐步推演引导，论证结果令人更加信服。

复古的空气

《复古的空气》是作者针对当时文化界一些人鼓吹复古之风，有感而发写作的一篇文化批评。

近来在思想和文学艺术诸方面，复古的空气颇为活跃，这是值得注意的一个现象。就一般民众讲，文化是有惰性的，而农业社会尤其如此。几千年积下来的习惯和观念，几乎成了第二天性，骤然改动，是不舒服的，其实就这群浑浑噩噩的大众说，他们始终是在“古”中没有动过，他们未会维新，还谈得到什么复古！我们所谓复古空气，自然是专指知识和领导阶级说的。不过农民既几乎占我们人口百分之八十，少数的知识和领导阶级，不会不受他们的影响，所以谈到少数人的复古空气，首先不能不指出那作为他们的背景的大众。至于少数人之间所以发生这种空气，其原因与动机，可以分作四个类型来讲。

一、一般的说来，复古倾向是一种心理上的自卫机能。自从与外人接触，在物质生活方面，发现事事不如人，这种发现所给予民族精神生活的担负，实在太重了。少数先天脆弱的心灵确乎给它压瘪了，压死了。

多数人在这时，自卫机能便发生了作用。本来文学艺术以及哲学就有逃避现实的趋势，而中国的文学艺术与哲学尤其如此。

中国人现实方面的痛苦，这时正好利用它们来补偿。一想到至少在这些方面我们不弱于人，于是便有了安慰。说坏了，这是“鱼处于陆，相濡以湿，相嘘以沫”的自慰的办法。说好了，人就全靠这点不肯绝望的刚强性，才能够活下去，活着奋斗下去。这是紧急关头的一帖定心剂。虽不彻底，却也有些暂时的效用。代表这种心理的人，虽不太强，也不太弱，惟其自知是弱，所以要设法“自卫”，但也没有弱到连“自卫”的意志都没有，所以还算相当的弱，平情而论，这一类型的复古倾向，是未可厚非的。

二、另一类型是带有报复意味的自尊心理。凡是与外人直接接触较多，自然也就是饱尝屈辱经验的人，一方面因近代知识较丰富，而能虚心承识自己落后，另一方面，因为往往是社会各部门的领袖，所以有他们应有的骄傲和自尊心，然责任又教他们不能不忍重负辱，那种矛盾心理的压迫是够他们受的。压迫愈大，反抗也愈大。一旦机会来了，久经屈辱的自尊心是知道图报复的，于是紧跟着以抗战换来的民族荣誉和国家地位，便是甚嚣尘上的复古空气。前一类型的心理说我们也有不弱于人的地方，这一类型的简直说我们比他们高。这些人本来是强者，自大是强者的本色，民族荣誉和国家地位也实在来得太突然，教人不能不迷惑。依强者们看来，一种自然的解释，是本来我们就不是不

对于复古的原因和动机，作者分四种类型加以区分和辨析，第一种是“自卫”，第二种是“自尊”，第三种是自卑，第四种是自私（“完全为自己打算”）。

如人，荣誉和地位我们是应得。诚然——但是那种趾高气扬的神情总嫌有些不够大方罢！

三、第三个类型的复古，与其说是自尊，毋宁说是自卑。不少的外国朋友捧起中国来，直使我们茫然。要晓得西洋人的本性是浪漫好奇的，甚至是怪僻的，不料真有人盲从别人来捧自己，因而也大干起复古的勾当来。实在是这种复古以媚外的心理，也并不少见。

四、如果第三种人是完全没有自己，第四种人便是完全为自己打算的。有的是以复古来掩饰自己不懂近代知识，多半的老先生们属于这一类，虽则其中少年老成的分子也不在少数。有的正相反，又以复古来掩饰自己不大懂线装书的内容，暴发户的“二毛子”属于这一类，虽则只读洋装书的堂堂学者们也有时未能免俗。至于有人专门搬弄些“假古董”在国际市场上吸收外汇，因而为对外推销的广告作用，不得不响应国内的复古运动，那就不好批评了。

复古的心理是分析不完的，大致说来，最显著的不外上述的四类型。其中有比较可取的，有居心完全不可问的。纯粹属于某一类型的大概很少，通常是几种揉合错综起来的一个复杂体。说复古空气是最近新兴的现象，也不合事实。趋势早已在酝酿，不过最近似乎更表面化了一点。为什么最近才表面化？当然与抗战有关。历史的转向，转向时的心理是不会有平静。转得愈急，波动愈大，所以在这抗战期间，一面近代化的呼声最高，一面复古的空气也最浓厚。

在分析了支持“复古”者最主要的四种心理动因之后，作者指出“复古”之风盛行与当时的社会现实环境（抗战）的影响有关。这一段的论述使得论证更为周密，事物发展的内外因俱全。

就一般的人说，心理的波动，不足怪，但少数的知识和领导分子，却应该早已认清历史，拿定主意，游移虽不致改变历史，但是会延缓历史的进展，须知我们的时间和精力却不容浪费。

我们的民族和文化所以能存在到今天，自然有其生存的道理在，这道理并不像你所想的，在能保存古的，而是正相反，在能吸收新的。历史告诉我们，中国文化并不是一个单纯的，一成不变的文化（如果是那样的，它就早完了），最初东西夷夏两民族，分明代表着两个不同的文化。

如果你站在东方，以夷（殷人及东夷）为本位，那便是夷吸收了夏，如果站在西方，以夏（夏周）为本位，那便是夏吸引了夷。但是这两个文化早已融合到一种程度，使得我们分辨不出谁是主，谁是客来。在血缘上，楚与北方夷夏两族的关系，究竟如何，现在还不知道。无论如何，在文化上，直至战国，他们还是被视为外国人的。逐渐的这一支文化也被吸收了，到了汉朝，南北又成了一家，分不出主客来。究竟谁是我们的“古”？严格的讲，殷的后裔孔子若要复古，文武周公就得除外，屈原若要复古，就得否认《三百》篇。从西周到战国，无疑是我们文化史中最光荣的一段，但从没有听说那时的人站在民族的立场上讲复古的。即便依你的说法，先秦北方的夷夏和南方的楚，在民族上还是一家，文化也不过是大同小异，不能和今天的情形相比。那么，打汉末开始的一整部佛教史又怎样呢？宋明人要讲复古，会有他们那“儒表佛里”的理学吗？会有他们那《西厢》《水浒》吗？还有一

作者用摆事实、讲道理的办法，通过对中国文化史重要事件与变革的梳理说明：“文化史上每放一次光，都是受了外来的刺激，而不是因为死抓着自己固有的东西。”以此论证，“复古”对于文化并无必要，不仅无必要，而且有害。这就打破了“自卫”说的迷信。

部清代的朴学史，也不能不承认是耶稣教士带来的西洋科学精神的赐予。以上都是极显而易见的历史事实，文化史上每放一次光，都是受了外来的刺激，而不是因为死抓着自己固有的东西。

不但中国如此，世界上多少文化都曾经因接触而交流，而放出异彩。凡是限于天然环境，不能与旁人接触，而自己太傻太笨，不能，因此就不愿学习旁人的民族，没有不归于灭亡的。天然环境的限制，只要有决心. 有勇气，还可以用人力来打开（例如我们的法显，玄奘，义净诸人的故事），怕的是自己一味固执，不肯虚怀受善。其实那里是不肯，恐怕还是不能，不会罢！如果是这种情形，那就惨了。我深信我们今天的情形，不属于这一类，然而我仍然有点不放心。佛教思想与老庄本就有些相近，让我们接受佛教思想，比较容易。今天来的西洋思想确乎离我们太远，是不是有人因望而生畏，索性就提倡复古以资抵抗呢？幸而今天喜欢嚷嚷孔学，和哼哼歪诗的人，究竟不算太多，而青年人尤其少。

作者指出反对“复古”的本质是反对文化的闭关主义，恰恰是固步自封、充满惰性的“复古”，将会导致民族文化走向颓败、甚至消亡，文章最后呼吁以开放的心态接受不同文化的影响，真正实现强健民族文化的目的。

我得强调的声明，民族主义我们是要的，而且深信是我们复兴的根本。但民族主义不该是文化的闭关主义。我甚至相信正因我们要民族主义，才不应该复古。老实说，民族主义是西洋的产物，我们的所谓“古”里，并没有这东西。谈谈孔学，做做歪诗，结果只有把今天这点民族主义的萌芽整个毁掉完事。其实一个民族的“古”是在他们的血液里，像中国这样一个有悠久历史的民族，要取消它的“古”的成分，并不太容易。难的倒是怎样学习新的，因为在上文我们已经提过，文化是有惰性的，而愈老的文化，惰性也愈大。克服惰性是一件难事啊！

有人说，你太傻了，你忘了“儒表佛里”的理学家的道统是从文武周公算起的，而不从释迦牟尼算起，接受西洋科学精神的朴学，仍旧称为汉学，而不称西学。内容无妨接受人家，外表还得是自己的。这是面子问题，而面子也不能不顾。今天的复古，也可以作如是观。我但愿自己太傻，然而我又担心拥护复古的人们和我一样的傻。傻到真正言行一致。

积累与拓展

《复古的空气》是闻一多学者杂文的典范作品，文章处处显示出作者厚积薄发的学识、活泼生动的想象，鞭辟入里的分析，在闻一多一系列反思中国传统文化的文章里，我们可以看出一个学者闻一多举要治繁的见地与学识。

从宗教论中西风格

要说明中西风俗不同，可以从种种不同的方面着眼，从宗教着眼，无疑是一个比较扼要的看法。所谓宗教，有广义的，有狭义的，狭义的讲来，中国人没有宗教，因此我们若能知道这狭义宗教的本质是什么，便也知道了中西风格不同之点在那里。至于宗教造成了西洋人的性格，还是西洋人的性格产生了他们的宗教，那是一个鸡生蛋还是蛋生鸡的辩论，我们不去管它。目下我们要认清的一点，是宗教与西洋人的性格是不可分离的。

提出观点，“宗教与西洋人的性格是不可分离的”。

要确定宗教的本质是什么，最好是溯源到原始思想。生的意志大概是人类一切思想的根苗。人类生活愈接近原始时代，求生意志的强烈，与求生能力的薄弱，愈有形成反比例之势。但是能力愈薄弱，不但不能减少意志的强烈性，反而增加了它。在这能力与意志不能配合的难关中，人类乃以主观的“生的意识”来补偿客观的“生的事实”之不足，换言之，因一心欲生，而生偏偏是不完整，不绝对的，于是人类便以“死的否认”来保证“生的真实”。这是人类思想史的第一页，也实在是一个了不得的发明。我们今天都认为死是一个千真万确的事实，原始人并不这样想。对于他们，死不过是生命途程中的另一阶段，这只看他们对祭祀态度的认真，便可知道。我们也可以说，他们根本没有死的观念，他们求生之心如此迫切，以至忽略了死的事实，而不自觉的做到了庄子所谓“以死生为一体”的至高境界。我说不自觉的，因为那不是庄子那般通过理智的道路然后达到的境界，理智他们绝对没有，他们只是一团盲目的求生的热欲，在热欲的昏眩中，他们的意识便全为生的观念所占据，而不容许那与生相反的死的观念存在，诚然，由我们看来，这是自欺。但是，要晓得对原始人类，生存是那样艰难，样样没有保障，如果没有这点生的信念，人类如何活得下去呢？所以我们说这人类思想史的第一页，是一个不承认死的事实，那不死简直是肉体的不死，这还是可以由他们对祭祀的态度证明的，但是知识渐开，他们终于不得不承认死是一个事实。承认了死，是否便降低了生的信念呢？那却不然。他们承认的是肉体的死，至于灵魂他们依然坚持是不会死的。以承认肉体的死为代价，换来了灵魂不死的信念，在实利眼光的人看来，是让步，是更无聊的自欺；在原始人类看来，却是胜利。因为他们认为灵魂的存在比肉体的存在还有价值，因此，用肉体的死换来了灵魂的不死，是占了便宜。总之他们是不肯认输，反正一口咬定了不死，讲来讲去，还是不死，甚至客观的愈逼他们承认死是事实，主观的愈加强了他们对不死的信念。他们到底为什么要这样的倔强，这样执迷不悟？理智能力薄弱吗？但要记得这是理智能力进了一步，承认了肉体的死是事实以后的现象。看来理智的压力愈大，精神的信念跳得愈高。理智的发达并不妨碍生的意志，反而鼓励了它，使它创造出一个求生的灵魂。这是人类思想史的第二页，一个更荒唐，也更神妙的说明。

人类宗教初生的一般过程：第一页，原始人类不承认死是一个事实；第二页，人类开始承认肉体的死，认定灵魂不死；第三页，人类承认自身有限，但将自身的形象投射出去，从万物有灵到人格神，神与关于全知全能神的宗教信仰被创造出来。宗教由此产生。

人类由自身的灵魂而推想到大自然的灵魂，本是思想发展过程中极自然的一步。想到这个大自然的灵魂实在说是人类自己的灵魂的一种投射作用，再想到投射出去的自己，比原来的自己几乎是无限倍数的伟大，并又想到在强化生的信念与促进生的努力中，人类如何利用这投射出去的自己来帮助自己——想到这些复杂而纡回的步骤，更令人惊讶人类的“其愚不可及”，也就是他的其智不可及。如今人毕竟承认了自己无能，因为他的理智又较前更发达了一些，他认清了更多的客观事实，便是他就此认输了吗？没有人是无能，他却创造了万能的神。万能既出自无能，那么无能依然是万能。如今人是低头了，但只向自己低头，于是他愈低头，自己的地位也愈高。你反正不能屈服他，因为他有着一个铁的生命意志，而铁是愈捶练愈坚韧的。这人类思想史的第三页，讲理论，是愈加牵强，愈加支离，讲实用，却不能不承认是不可思议的神奇。

如果是以贿赂式的祭祀为手段，来诱致神的福佑或杜绝神的灾祸，或有时还不惜用某种恫吓式的手段，来要挟神做些什么或不做些什么——对神的态度，如果是这样，那便把神的能力看得太小了。人小看了神的能力其实也就是小看自己的能力，严格的讲，可以恫吓与贿赂的手段来控制的对象，只能称之为妖灵或精物，而不是神，因之，这种信仰也只能算作迷信，而不是宗教。宗教崇拜的对象必须是一个至高无上的，神圣的，万能而慈爱的神，你向他只有无条件的依皈和虔诚的祈祷。你的神愈是全德与万能，愈见得你自己全德与万能，因为你的神就是你所投射出去的自身的影子既然神就是像自己，所以他不妨是一个人格神，而且必然是一个人格神。神的形象愈像你自己，愈足以证明是你的创造。正如神的权力愈大．愈足以反映你自己权力之大。总之你的神不能太不像你自己，不像你自己，便与你自己无关，他又不能太不像你自己，太像你自己，便暴露了你的精神力量究竟有限。是一个不太像你，又不太像你的全德与万能的人格神，不多不少，恰恰是这样一个信仰，才能算作宗教。

按照上述的宗教思想发展的程序和它的性质，我们很容易辨明中西人谁有宗教，谁没有宗教。第一，关于不死的问题，中国人最初分明只有肉体不死的观念，所以一方面那样着重祭祀与厚葬，一方面还有长生不老和白日飞升的神仙观念。真正灵魂不死的观念，我们本没有，我们的灵魂观念是外来的，所以多少总有点模糊。第二，我们的神，在下层阶级里，不是些妖灵精物，便是人鬼的变相，因此都太像我们自己了，在上层阶级里，他又只是一个观念神而非人格神，因此太嫌不

这里用了比较论证的手法，从灵魂观念、神的形象比较中国人与西人宗教的不同，指出中西风格的不同。

像我们自己了。既没有真正的灵魂观念，又没有一个全德与万能的人格神，所以说我们没有宗教，而我们的风格和西洋人根本不同之处恐怕也便在这里。我们说死就是死，他们说死还是生，我们说人就是人，我们对现实屈服了，认输了，他们不屈服，不认输，所以他们有宗教而我们没有。

我们在上文屡次提到生的意志，这是极重要的一点，也许就是问题的核心。往往有人说弱者才需要宗教，其实是强者才能创造宗教来扶助弱者，替他们提高生的情绪，加强生的意志。就个人看，似乎弱者更需要宗教，但就社会看，强者领着较弱的同类，有组织的向着一个完整而绝对的生命追求，不正表现那社会的健康吗？宗教本身尽有数不完的缺憾与流弊，产生宗教的动机无疑是健康的。有人说西洋人的爱国思想和恋爱哲学，甚至他们的科学精神，都是他们宗教的产物，他们把国家，爱人和科学的真理都“神化”了，这话并不过分。至少我们可以说，产生他们那宗教的动力，也就是产生那爱国思想，恋爱哲学和科学精神的动力。不是对付的，将就的，马马虎虎的，在饥饿与死亡的边缘上弥留着的活着，而是完整的，绝对的活着，热烈的活着——不是彼此都让点步的委曲求全，所谓“中庸之道”式的，实在是一种虚伪的活，而是一种不折不扣的，不是你死我活，便是我死你活的彻底的，认真地活——是一种失败的今生，成功在来世的永不认输，永不屈服的精神。这便是西洋人的性格。这性格在他们的宗教中表现得最明显，因此也在清教徒的美国人身上

通过对中西宗教本身的对比，引申出宗教的不同之中所蕴含的是中西民族性格的不同，尤其揭示出西洋人“失败的今生，成功在来世的永不认输，永不屈服的精神”。

表现得最明显。

人生如果仅是吃饭睡觉，寒暄应酬，或囤积居奇，营私舞弊，那许用不着宗教，但人生也有些严重关头，小的严重关头叫你感着不舒服，大的简直要你的命，这些时候来到，你往往感着没有能力应付它，其实还是有能力应付，因为人人都有一副不可思议的潜能。问题只在用一套什么手法把它动员起来。一挺胸，一咬牙，一转念头，潜能起来了，你便能排山倒海，使一切不可能的变为可能了，那不是技术，而是一种魔术。那便是宗教。中国人的办法，似乎是防范严重关头，使它不要发生，藉以省却自己应付的麻烦。这在事实上是否可能，姑且不管，即使可能，在西洋人看来，多么泄气，多么没出息！他们甚至没有严重关头，还要设法制造它，为的是好从那应付的挣扎中得到乐趣。没事自己放火给自己扑灭，为的是救火的紧张太有趣了，如果救火不熄，自己反被烧死，那殉道者的光荣更是人生无上的满足——你说荒谬绝伦，简直是疯子！对了，你就是不会发疯，你生活里就缺少那点疯，所以你平庸，懦弱。人家在天上飞时，你在粪坑里爬！

举例子，做比较。

中西风格的比较？你拿什么跟人家比？你配？尽管有你那一套美丽名词，还是掩不住那渺小，平庸，怯懦，虚伪，掩不住你的小算盘，你的偷偷摸摸，自私自利，和一切的丑态。你的孝悌忠信，礼义廉耻，和你古圣先贤的什么哲学只令人作呕，我都看透了！你没有灵魂，没有上帝的国度，你是没有国家观念的一盘散沙，一群不知什么是爱的天阉（因此也不知什么是恨），你没有同情，也没有真理观念。然而你有一点鬼聪明，你的蕃殖力很大，因为聪明所以会鼠窃狗偷——营私舞弊，囤积居奇。因为蕃殖力太，所以让你的同类成千成万的裹在清一色的破棉袄里，排成番号，吸完了他们的血，让他们饿死，病死……这是你的风格，你的仁义道德！你拿什么和人家比！

点明文章的主旨，作者写作这篇文章的根本目的不在于比较宗教，而在于唤醒“死水”一潭、萎靡颓败的国人。重要的不是宗教的形式，而是“永不屈服，永远向上追求的精神”，“铁的生命意志”

没有宗教的形式不要紧。只要有产生宗教的那股永不屈服，永远向上追求的精神，换言之，就是那铁的生命意志，有了这个，任凭你向宗教以外任何方向发展都好，怕的是你这点意志，早被瘪死了，因此除了你那庸俗主义的儒家哲学以外，不但宗教没有，旁的东西也没有。更可怕的是宗教到你手里，也变成了庸俗，虚伪，和鼠窃狗偷的工具。怕的是你的生命的前提是败北主义，和你那典型的口号“没有办法”！于是你只好嘲笑，说俏皮话。是啊，你有聪明，有蕃殖力，所以你可以存在，“耗子苍蝇不也存在吗？”但你没有生活，因为我看透了你，你打头就承认了死是事实，那证明了你是怕死的。惟其怕死，所以你也怕生，你这没出息的“四万万五千万”！

积累与拓展

闻一多对中国传统文化的批判不可谓不深刻、不沉痛，这篇文章便是一例。文章从西方宗教产生、发展的程序和性质入手，分析中西文化性格的互异，批判了中国的儒家哲学及其所养育的愚弱的国民性。